Las Aventuras de Robinson Crusoe

Por

Daniel Defoe

Copyright del texto © 2023 Culturea ediciones
Sitio web : http://culturea.fr
Impresión: BOD - Books on Demand
(Norderstedt, Alemania)
Correo electrónico : infos@culturea.fr
ISBN :9791041811106
Depósito legal : abril 2023
Queda prohibido reproducir parte alguna de
esta publicación,
en cualquier forma material, sin el premiso
por escrito
de los dos titulares del copyright.

Capítulo I

Obsesión marinera

Nací el 1632, en la ciudad de York, donde mi padre se había retirado después de acumular una no despreciable fortuna en el comercio. Mi nombre original es Róbinson Kreutznaer, pero debido a la costumbre inglesa de desfigurar los apellidos extranjeros quedó convertido en Crusoe, forma que ahora empleamos toda la familia. Tenía yo dos hermanos mayores. Uno de ellos, que era militar, fue muerto en la batalla de Dunquerque, librada contra los españoles. En cuanto al segundo, no sé la suerte que haya corrido.

Como yo no tenía profesión alguna, mi padre, que aunque de edad avanzada me había educado lo mejor que pudo, pretendía que estudiara leyes. Pero mis inclinaciones eran distintas. Dominábame el deseo de hacerme marino y de correr por los mares las más diversas aventuras. Esto iba contra la voluntad de mi padre, que me había amonestado repetidas veces, así como contra los cariñosos consejos y súplicas de mi madre. Pero todo hacía parecer que un secreto destino me arrastraba hacia una vida llena de peligros.

Un día en que mi madre parecía estar más contenta que de costumbre, le volví a plantear el problema de mi pasión por ver mundo, rogándole que tratara de persuadir a mi padre a fin de que me diera el permiso para realizar un viaje por mar.

Le dije que más le valdría concederme el permiso que obligarme a tomármelo por mi propia cuenta, prometiéndole, en caso de desistir después de dicha vida errante, recuperar el tiempo que hubiera perdido redoblando mis esfuerzos.

A todo esto, mi madre se apenó mucho, como es de suponerse, manifestándome que sería trabajo inútil tratar el asunto con mi padre. Luego me advirtió que, si insistía en tales desatinos, no veía ella ningún remedio, pero que sería vano tratar de alcanzar el consentimiento paterno ni el suyo, puesto que no estaba dispuesta a contribuir a mi desgracia.

Pese a ello, luego supe que le había contado a mi padre todo cuanto le hablé, y que éste le confesó la poca fe que tenía en los esfuerzos de ambos por disuadirme, añadiendo que yo acabaría por imponer mi voluntad. Y así sucedió un año más tarde.

Cierto día, hallándome en Hull, encontré a un compañero que estaba a punto de partir para Londres en un barco de su padre. Me invitó a acompañarlo, diciéndome para animarme que no me costaría nada el pasaje. En esta forma, y sin siquiera haber pedido la bendición paterna ni implorado la protección del cielo, me embarqué en aquel navío que llevaba carga para Londres. Fue el primero de septiembre de 1651, el día más fatal de mi vida.

Dudo de que jamás haya existido un joven aventurero cuyos infortunios empezasen más pronto y durasen tanto tiempo como los míos. Apenas la embarcación hubo salido del río Humber, cuando se desencadenó un fuerte viento y el mar se agitó sobremanera. Como era la primera vez que navegaba, el malestar y el pánico se apoderaron de mi cuerpo y mi espíritu, sumiéndome en una angustia muy difícil de expresar. En esos momentos empecé a reflexionar sobre la justicia de Dios, que castigaba a quien había desoído el mandato de sus padres, insensible a los ruegos y a las lágrimas maternas. La voz de mi conciencia, que aún no estaba endurecida como lo estuvo luego, me acusaba vivamente por haberme apartado de mis deberes más sagrados.

La tempestad arreciaba a cada momento y las olas se revolvían enfurecidas, y aunque aquello fuese poco en comparación con lo que me estaba reservado ver más adelante, y sobre todo pocos días después, era ya lo suficiente para impresionar a un marino en ciernes como yo. Por momentos esperaba ser tragado por las aguas, y cada vez que el barco cabeceaba creía tocar el fondo del mar para no salir más de él. En aquel trance de angustia hice varias veces el voto de renunciar a semejantes aventuras si es que lograba salvarme, para en lo sucesivo acogerme a los prudentes y sabios consejos paternos.

Dicha resolución duró, sin embargo, muy poco tiempo. Al día siguiente, en cuanto el viento hubo amainado y el mar se aquietó, empecé a serenarme, aunque me sentía fatigado por el mareo. Al atardecer el viento había cesado por completo y el ambiente se había despejado para dar paso a una noche tranquila. Al mismo tiempo empezaban a borrarse de mi mente los buenos propósitos que horas antes había formulado.

Aquella noche dormí muy bien, de suerte que, lejos de sentirme molesto por el mareo, me encontré animado y fuerte. Contemplaba admirado el mar que la víspera se había ofrecido tan terrible y bravo y que tan sereno y tranquilo se mostraba en aquel instante. Me hallaba embebido en tales ideas cuando mi compañero, el joven que me había embarcado en semejante aventura, temiendo que persistiera en mis propósitos de enmienda, se aproximó y, dándome un golpecito en las espaldas, me dijo:

—Apostaría cualquier cosa a que anoche tuviste miedo, y eso que no fue sino una pequeña ráfaga de viento.

—¡Cómo! —exclamé—. ¿Llamas una pequeña ráfaga de viento a lo que fue un temporal terrible?

—¿Un temporal? —me contestó—. ¡Eres un inocente! ¡Si no ha sido nada!

Además, nosotros nos reímos del viento cuando tenemos un buen barco. ¿Ves ahora qué hermoso tiempo hace? Vamos a preparar un ponche...

Para abreviar este triste pasaje de mi historia, sólo diré que seguimos las viejas costumbres marinas: se hizo el ponche, me emborraché, y en aquella noche de libertinaje quebranté todos mis votos, olvidé todos mis arrepentimientos acerca de mi conducta pasada y todas mis resoluciones para el futuro.

Cierto es que tuve algunos momentos de lucidez y que volvían a mi mente los buenos pensamientos; pero yo los rechazaba, dedicándome a beber y cuidando de estar siempre acompañado a fin de evitarlos. En esta forma, a los cinco o seis días logré sobre mi conciencia un triunfo tan completo como pudiera ambicionarlo un joven que busca ahogar sus desasosiegos.

Al sexto día de navegación fondeamos en la rada de Yarmouth. Teniendo viento contrario, adelantamos poco después de la tempestad, viéndonos precisados a echar el ancla en dicho sitio y permanecer en él, pues el viento siguió soplando del sudoeste siete u ocho días consecutivos, durante los cuales muchos barcos de Newcastle se refugiaron en la misma rada.

Con todo, no habríamos dejado transcurrir tanto tiempo sin llegar a la embocadura del río si no hubiera sido tan fuerte el viento. Al octavo día, llegada la mañana, arreció aún más éste y se llamó a toda la tripulación para una maniobra de urgencia. Habiéndose puesto muy gruesa la mar, el castillo de proa se hundía a cada momento y las olas inundaban el barco. El temporal era terrible y yo veía el asombro y el pánico dibujados en los rostros de los marineros. Pese a que el capitán era un hombre que no se arredraba fácilmente ante el peligro, le oí exclamar en voz baja estas palabras:

—¡Dios mío, apiádate de nosotros! ¡Estamos perdidos!

Entretanto, yo me había tendido, inmóvil y helado de espanto, en mi camarote junto al timón, no pudiendo decir cuál era el estado de mi ánimo. La vergüenza me atormentaba al acordarme de mi primer arrepentimiento que tan luego había olvidado por un increíble endurecimiento de mi corazón. Al salir del camarote para ver lo que sucedía fuera, presencié el espectáculo más terrible que jamás hubiera visto: las olas, que se alzaban como montañas, rompían a cada momento contra nosotros. Por todas partes sólo se veía desolación. Por cerca de nosotros pasaron enormes buques sumamente cargados, que arrastraban sus mástiles rotos. Nuestros tripulantes afirmaban que acababa de irse a pique un barco que se encontraba a no más de una milla de nosotros. Otras embarcaciones iban a la deriva, arrancadas de sus anclas por la furia de las olas y arrastradas a alta mar.

A la caída de la tarde, el piloto y el contramaestre pidieron autorización al capitán para cortar el palo trinquete, a lo que accedió. Una vez cortado aquél, agitábase tan violentamente el palo mayor, que hubo necesidad de deshacerse también de éste, con lo que la cubierta quedó completamente llana. La tempestad no cedía y nuestro barco, aunque bueno, iba tan hundido debido a la sobrecarga, que nos hacía pensar que pronto se iría a pique. Para colmo de males, a eso de la medianoche un hombre que había bajado, por orden del capitán, al fondo de la bodega para inspeccionarla, dijo que en ésta había un boquete por el que hacía agua. La sola llamada que hicieron a todos para que acudieran a la bomba me produjo tal impresión que caí de espaldas en mi cama. Mas los tripulantes vinieron a sacarme de mi desmayo, diciéndome que si hasta entonces no había servido yo para nada, en aquel momento era tan eficaz como cualquier otro para manipular la bomba. Me incorporé y, encaminándome a ésta, trabajé vigorosamente.

Entretanto pasaban estas cosas, el capitán ordenó disparar un cañonazo en señal del extremo peligro en que nos encontrábamos. Pero yo, que ignoraba lo que aquello significaba, quedé muy sorprendido y pensé que se había destrozado el barco. Me desmayé en el acto, tardando bastante tiempo en volver en mí.

La bomba seguía trabajando, pero el agua continuaba anegando la bodega y, por más que la tempestad había empezado a disminuir, todo nos hacía pensar en que el buque iba a zozobrar. Como ya no era posible pretender alcanzar algún puerto, se siguieron disparando cañonazos en señal de socorro. Un barco pequeño, que a la sazón pasaba a nuestro lado, nos lanzó un bote en el cual, y no sin muchas dificultades y riesgos, pudimos entrar. No habían pasado quince minutos que habíamos abandonado el barco cuando lo vimos zozobrar.

Confieso que cuando los tripulantes me dijeron que se iba a pique, casi ya no podía distinguir los objetos, pues desde el momento en que entré en el bote estaba como petrificado, no tanto por el miedo cuanto por mis propios pensamientos, que me anticipaban todos los horrores del futuro. Momentos después, y cuando el bote se elevaba por encima de las enormes olas, distinguimos a lo largo de la orilla una gran cantidad de gente que acudía a auxiliarnos. Nuestros tripulantes remaban con denuedo, pero apenas lográbamos avanzar hacia la costa.

Por otra parte, mientras no consiguiéramos pasar el faro de Winterton no podríamos llegar a tierra, pues más allá la costa, por la parte de Cromer, replegándose hacia el Oeste, nos ponía al abrigo de la violencia del viento. En dicho lugar, y no sin grandes esfuerzos, pusimos por fin y felizmente pie en tierra. Desde allí fuimos caminando a Yarmouth, donde se nos trató con gran consideración, tanto por parte de las autoridades, que nos facilitaron buenos alojamientos, cuanto por la de los comerciantes y armadores, que nos dieron suficiente dinero para llegar a Londres o para regresar a Hull, según nos conviniera.

En dicha oportunidad debí tener la prudencia de elegir el camino de Hull para volver a la casa paterna. Pero, como contaba con el dinero suficiente para ello, decidí ir primero a Londres por tierra. Tanto en esta ciudad como durante el trayecto, tuve largos debates conmigo mismo acerca del modo de vida que debía seguir. Se trataba de resolver si había de regresar a casa o si habría de embarcarme nuevamente.

A medida que pasaba el tiempo se iba borrando de mi memoria el recuerdo de la última desgracia, continuando en cambio la invencible repugnancia que sentía hacia la idea del regreso al hogar. Imaginábame que todo el vecindario me señalaría con el dedo y que tanto ante mis padres cuanto ante los demás habría de sentirme avergonzado. En esta forma el amor propio pudo más que la razón y decidí embarcarme nuevamente en algún buque que zarpara hacia las costas del África, o, según el lenguaje corriente de los marineros, hacia Guinea.

Capítulo II
Un esclavo tras su libertad

Cuando llegué a Londres tuve la suerte de caer en muy buenas manos, cosa nada corriente en un joven tan precipitado y aturdido como yo era. La primera persona que conocí fue un capitán de barco que acababa de llegar de Guinea, después de un viaje que le había dado buenos resultados, razón por la cual tenía resuelto regresar nuevamente. Le agradó mucho mi conversación y, habiéndome oído decir que sentía vivos deseos por conocer mundo, me ofreció que me embarcara con él, adelantándome que ello no me significaría el menor gasto y que, si deseaba llevar algunos objetos conmigo, gozaría de todas las ventajas que puede brindar el comercio.

Habiéndole aceptado su ofrecimiento al capitán, que era un hombre honrado y sincero, invertí en dicha empresa la suma de cuarenta libras esterlinas, que gasté en quincallería, siguiendo su consejo. Dicho dinero logré reunirlo con la ayuda de algunos parientes que, según tengo entendido, habían persuadido a mis padres a que secretamente contribuyeran a mi primera aventura.

Debo decir que, de todos mis viajes, aquél fue el único que me produjo verdaderas ventajas, debiéndoselo sin duda alguna a la buena fe y generosidad del capitán. Entre éstas obtuve el haber aprendido regularmente las matemáticas y las reglas de la navegación, a calcular con exactitud el recorrido de un barco, a orientar debidamente el velamen, y, en general, todo aquello que no puede ignorar un marino. Esto, sin considerar el aspecto comercial, ya que traje por mi cuenta cinco libras y nueve onzas de oro en polvo, lo que en Londres convertí en unas trescientas libras esterlinas. Pero dicho éxito, al alentarme vastos proyectos inmediatos, causó a la postre mi total ruina.

A los pocos días de nuestra llegada a Londres murió mi buen amigo el capitán del barco. Pese a ello, resolví repetir el viaje, dejando depositadas en manos de su viuda doscientas libras esterlinas y llevando las cien restantes convertidas en quincallería. En esta forma volví a hacerme a la mar en el mismo barco, con un hombre que en el anterior viaje había sido piloto y ahora lo gobernaba. El viaje fue de lo más desdichado.

Cuando nos encontrábamos entre el archipiélago de las Canarias y las costas de África, fuimos sorprendidos por un corsario turco de Salé, que venía dándonos caza a toda vela. Por nuestra parte, dimos al viento todas las nuestras tratando de escapar, pero, al ver que no dejaría de alcanzarnos en algunas horas, nos aprestamos para el combate. El barco corsario llevaba a bordo dieciocho cañones, mientras que el nuestro sólo contaba con doce.

En el primer ataque, el corsario sufrió una equivocación, pues, en vez de atacarnos por la popa, como era su intención, descargó su andanada sobre uno de nuestros costados, y entonces nosotros se la devolvimos con ocho de nuestros cañones. En esta forma lo hicimos retroceder, pero antes nos lanzó una segunda andanada y descargó su mosquetería, que estaba manejada por doscientos tiradores. Nuestros hombres, aun con esto, se mantuvieron firmes y no tuvimos heridos.

El corsario renovó el combate, pero ahora llegando por el otro lado al abordaje. Saltaron a nuestra cubierta unos sesenta de los suyos, que empezaron a cortar mástiles y jarcias, mientras que nosotros los recibimos con mosquetes y granadas. Dos veces los rechazamos de nuestra cubierta, pero, finalmente, y habiendo quedado desmantelado el barco y muertos tres de nuestros hombres y otros ocho heridos, nos vimos obligados a rendirnos y fuimos llevados prisioneros a Salé, puerto que pertenece a los moros.

El trato que recibí en dicho lugar no fue tan terrible como lo esperaba. El capitán del corsario, viéndome joven y ágil, se quedó conmigo como su participación en el botín, evitando así el que fuera llevado con los demás al lugar de la residencia del emperador. Sin embargo, dicha situación, que de hombre libre me transformaba en esclavo, me angustió sobremanera. Las palabras proféticas de mi padre, cuando me dijo que llegaría a ser un miserable y que no tendría a nadie que me socorriera en la desgracia, acudieron a mi memoria. Con todo, aquello no sería sino una muestra de las mayores calamidades que habrían de sucederme todavía.

Mi nuevo amo me llevó a su casa, en la que desempeñaba los oficios ordinarios de un doméstico. Sin embargo, y como había dispuesto que me acostase en su camarote para cuidar el barco, no hacía sino forjar planes para evadirme de la esclavitud. Pasaron así dos largos años sin que se me presentara la menor oportunidad de ejecutar mis fantásticos proyectos. Las únicas veces que conseguía navegar con la chalupa era para hacerle compañía cuando salía a entretenerse pescando en la rada. En dichas oportunidades me llevaba consigo, así como también a un joven esclavo moro, a fin de que remáramos y lo ayudáramos en la pesca, faena en la que yo era bastante hábil. Él se mostraba tan contento que, algunas veces, me enviaba a pescar con un pariente suyo llamado Muley y con el joven esclavo, a condición de que le pasáramos de nuestra pesca una porción para su comida.

Un día resolvió salir en la chalupa a pescar y divertirse con tres moros de familias distinguidas, para lo que había ordenado provisiones especiales que fueron embarcadas la víspera. A mí me encargó que tuviera listas las tres escopetas con pólvora y municiones, pues también quería recrearse con la caza de algunas aves.

A la mañana siguiente me encontraba yo en la chalupa con todas las cosas arregladas para recibir dignamente a sus huéspedes, cuando vi venir a mi patrón completamente solo, pues sus invitados habían diferido la partida a causa de sus ocupaciones. Sin embargo, me dijo que saliese a pescar con la chalupa, acompañado, como de costumbre, por el hombre y el joven aludidos, pues esa noche tenía que cenar con sus amigos y precisaba provisiones.

Inmediatamente renació en mí el deseo de libertarme de la esclavitud y, pensando que en pocos momentos más tendría a mi disposición un pequeño barco, empecé a prepararme, ya no para la pesca, sino para recuperar mi libertad, aunque ignorante del rumbo que debería luego seguir. A tal fin hice llevar a la chalupa cuantos alimentos y herramientas podrían serme útiles, tendiéndole finalmente al moro un lazo en el cual cayó.

—Muley —le dije—, nosotros tenemos las escopetas de nuestro amo; ¿no podríamos traer pólvora y municiones para cazar por nuestra cuenta algunas aves marinas?

—Sí —respondió—, voy a buscarlas.

Una vez que Muley regresó y estuvimos provistos de todo lo necesario, salimos del puerto sin que los guardias del castillo hicieran caso alguno de nosotros, puesto que nos conocían. El viento soplaba del norte, lo que era contrario a mis deseos, ya que con el del sur hubiera alcanzado las costas españolas o, por lo menos, entrado en la bahía de Cádiz. Pero, resuelto como yo estaba a libertarme de aquella indigna servidumbre, todo lo demás me traía sin cuidado.

Largo rato estuvimos pescando sin resultado alguno, por que, cuando sentía que algún pez picaba, no tiraba del anzuelo por temor de que lo viese el moro. Finalmente, le dije:

—Aquí no conseguimos nada y, como nuestro amo desea estar bien servido, es preciso que nos alejemos más.

Como Muley no tenía ninguna malicia, estuvo de acuerdo y, dirigiéndose a proa, largó las velas. Yo, desde el timón, conduje la chalupa cerca de una milla más allá, después de lo cual arrié las velas para simular que pescaba. Luego, dejando el timón al muchacho, me aproximé al moro, que seguía en la proa, y, fingiendo agacharme para recoger alguna cosa que se hallara detrás de él, lo levanté de ambas piernas arrojándolo al mar. No tardó el moro en volver a la superficie, pues nadaba muy bien; me llamó y suplicó para que le dejase subir a bordo, prometiéndome que me seguiría hasta el fin del mundo. Nadaba con tanto vigor y el viento soplaba tan débilmente, que muy pronto iba a alcanzarnos. Entonces tomé una de las escopetas y, apuntándole, le dije:

—Mirad, amigo: no es mi intención causaros daño alguno, siempre que permanezcáis sereno. Sabéis nadar lo bastante para llegar a tierra y, como el mar está tranquilo, aprovechaos de su calma para regresar y separarnos así como buenos amigos. Pero en caso de que intentéis subir a bordo, os abriré la cabeza de un tiro, pues estoy resuelto a recobrar mi libertad.

A estas palabras nada respondió, sino que dio la vuelta empezando a nadar hacia tierra. Siendo un nadador magnífico, estoy seguro de que llegó sin novedad a la costa.

Después que Muley se hubo alejado, me volví al joven esclavo moro, llamado Xuri, y le dije:

—Xuri, si prometes serme fiel, te trataré en la mejor forma; pero tendrás que jurarlo por Mahoma. En caso contrario te arrojaré también al mar.

El muchacho me dirigió una sonrisa y me habló en forma tan inocente, que desvaneció toda desconfianza. Juróme fidelidad y seguirme a donde yo quisiera.

Cuando el moro desapareció de mi vista y empezó a oscurecer, cambié el rumbo de la embarcación hacia el sudoeste, cuidando de no apartarme demasiado de tierra. Como tenía viento favorable, recorrí tanto que al día siguiente, a eso de las tres de la tarde, cuando divisé tierra de lejos, calculé hallarme a ciento cincuenta millas al sur de Salé, muy distante ya de los dominios del emperador de Marruecos.

Durante cinco días seguí navegando a favor de aquel viento, sin divisar ningún barco de Salé. Al cabo de dicho tiempo cambió el viento y, temiendo que si venía algún barco en mi persecución no dejaría de darme caza, me aventuré a aproximarme a la costa y anclar en la embocadura de un río desconocido. Al anochecer entramos en la pequeña bahía, pues tenía el propósito de ir a nado a recorrer aquellos parajes en cuanto fuera noche cerrada para procurarnos agua fresca. Pero, en cuanto hubo oscurecido, oímos unos ruidos tan horribles, producidos seguramente por fieras desconocidas por nosotros, que el pobre muchacho me suplicó vivamente que no desembarcara hasta que fuera de día. A sus ruegos le dije:

—Bien, Xuri; ahora no desembarcaré; pero de día corremos el riesgo de que nos vean hombres tan peligrosos como las mismas fieras.

—En ese caso —me contestó riendo—, les pegaremos un tiro para que huyan.

Me complació verlo tan animado y, para fortalecerlo más, le di una copita de licor. Echamos el ancla con la intención de dormir, pero no había manera de hacerlo. Durante algunas horas vimos cómo se lanzaban al agua unos animales gigantescos, revolcándose y profiriendo alaridos horrísonos. No es posible dar una idea exacta de los espantosos rugidos y gritos que se elevaban desde la orilla. Esto me hizo ver que habíamos hecho muy bien en ser prudentes y no aventurarnos de noche por aquellos lugares.

De todos modos nos veíamos obligados a desembarcar en algún sitio para abastecernos de agua dulce. Xuri me expresó que si lo dejaba ir a tierra con un jarro, él descubriría el lugar donde había agua y me la traería. Cuando le pregunté por qué quería ir él en vez de que lo hiciera yo, me respondió con el mayor cariño:

—Porque si hay salvajes, me comerán a mí y vos os podréis salvar.

—Iremos los dos, querido Xuri —le respondí—; y si encontramos salvajes, los mataremos y así ninguno de los dos les servirá de presa.

Una vez que aproximamos la chalupa a tierra, saltamos ambos sin llevar otra cosa que nuestras armas y dos jarras. El muchacho descubrió un lugar algo más bajo que se internaba una milla en tierra. Se precipitó hacia dicho sitio, pero poco rato después lo vi volver corriendo. Inmediatamente supuse que se había encontrado con algún salvaje o fiera peligrosa que lo perseguía y salí rápidamente a su encuentro. Cuando estuve bastante cerca de él vi que algo colgaba de su hombro: era un animal que había cazado, muy semejante a una liebre, aunque de otro color y con las patas más largas.

Una vez que nos regalamos con la pieza y llenamos nuestras jarras, nos dispusimos a emprender de nuevo nuestra ruta. Como yo no llevaba ninguno de los instrumentos indispensables para la navegación, no sabía exactamente en qué lugar me encontraba. De todos modos, pude juzgar que esa región estaba entre las tierras del emperador de Marruecos y la Nigricia. Alguna vez creí distinguir de día el Pico de Teide de la isla de Tenerife, habiendo intentado adentrarme en el mar para llegar a ella. Pero tanto los vientos en contrario como la misma mar, demasiado gruesa para mi frágil chalupa, me obligaron a retroceder hacia la costa.

Un día, ya de madrugada, fuimos a fondear a un pequeño cabo, esperando que la marea que subía nos llevase más adelante. Xuri, que tenía la vista más aguda que yo, me dijo en voz baja que nos alejásemos de la orilla.

—¿No veis —añadió— aquel terrible monstruo que duerme tendido al pie de la colina?

Dirigí la mirada hacia el lugar que me señalaba, descubriendo en efecto un monstruoso animal: era un enorme león, echado sobre el declive de una altura.

—Xuri —le dije entonces—, anda a tierra y mátalo.

El muchacho pareció asustarse muchísimo, pues me contestó:

—¿Matarlo yo? ¡Si me tragaría de un bocado!

De inmediato cargué las tres escopetas y, apuntándole detenidamente a la fiera, traté de hacer blanco en su cabeza. Pero, como se hallaba acostada de modo que con una pata se cubría el hocico, las balas le hirieron alrededor de la rodilla rompiéndole el hueso. Se incorporó rugiente, pero, sintiendo la pata rota, volvió a echarse. Nuevamente se levantó y empezó a rugir de un modo aún más horrible. Yo, algo sorprendido de no haberle dado en la cabeza, cogí la segunda escopeta y le disparé un segundo tiro, mientras la fiera iniciaba la huida. Esta vez tuve más suerte, ya que le di en el blanco propuesto, cayendo la fiera mortalmente herida. Esto animó a Xuri de tal modo que, una vez que le concedí el permiso que me había pedido, se lanzó al agua con una escopeta en un brazo y nadando con el otro hasta ganar la orilla. Se abalanzó sobre la fiera, rematándola con un tercer disparo hecho a boca de jarro en la oreja.

Luego pensé que la piel de aquel león nos podría ser de alguna utilidad y resolví despellejarlo. En dicha labor Xuri fue mi maestro, pues yo no sabía cómo empezar. Esto nos llevó todo el día. Después tendimos la piel en el camarote, la que al cabo de dos días estuvo seca y la hice servir de colchón.

Continuamos navegando siempre hacia el sur por espacio de diez días más, y pude observar que la costa estaba habitada. Eran negros y no llevaban vestidos. Como le manifestara a Xuri mis deseos de desembarcar, me advirtió prudentemente de los peligros que correríamos, haciéndome desistir. Con todo, bogué cerca de la costa para poderles hablar, mientras que ellos corrían a lo largo de la playa. Entonces pude observar que no llevaban armas, excepto uno de ellos que portaba un pequeño bastón. Xuri me explicó que se trataba de una lanza que los negros sabían arrojar muy lejos y con gran destreza, en vista de lo cual me detuve a una respetuosa distancia y les pedí por señas que nos dieran algo de comer.

A su vez ellos me dieron a entender que irían a buscar provisiones, mientras nosotros arriábamos la vela. Dos de ellos corrieron tierra adentro para volver antes de media hora, trayendo dos trozos de carne seca y granos, que, aunque no sabíamos de qué especie eran, los aceptamos. Solamente faltaba saber con qué precauciones podríamos tomar aquellas provisiones, pues yo no tenía deseos de ir a tierra y los salvajes, por su parte, nos temían.

Entonces adoptaron un medio tan conveniente para ellos como para nosotros: dejaron en la orilla lo que tenían que darnos y luego se retiraron hacia el interior; mientras tanto, nosotros fuimos por las provisiones y las trajimos a la chalupa, dejándoles a cambio una botella de licor, que luego ellos retiraron. Igual procedimiento seguimos para que nos renovaran el agua de nuestras jarras.

Con aquellas provisiones icé nuevamente la vela y proseguimos navegando hacia el sur durante once días, sin aproximarnos a la costa. Entonces pude observar que el continente entraba bastante en el mar y tuve que dar un largo rodeo para contornearlo. Desde allí vi claramente otras tierras en el lado opuesto, cayendo en la cuenta de que por un lado tenía el Cabo Verde y por el otro las islas del mismo nombre. Estaba yo indeciso sobre hacia cuál de ambos extremos debía hacer rumbo, ya que si el viento arreciaba bien podía impedirme llegar a cualquiera de ellos.

Capítulo III

Desde las costas del Brasil a una isla desierta

Preocupado con tales dudas, entré en el camarote para tomar asiento, dejando a Xuri el control del timón. Pero, al poco rato, lo oí exclamar, visiblemente emocionado:

—¡Amo mío! ¡Veo venir un barco de vela!

El muchacho estaba fuera de sí, pues suponía que era un navío que su amo había lanzado en nuestra persecución. Yo estaba seguro de que nada podíamos temer al respecto, debido a la enorme distancia a que nos encontrábamos del lugar del cautiverio. Cuando salí del camarote, no sólo vi el barco, sino que reconocí que era portugués, y por el rumbo que llevaba, que no se aproximaría a la costa.

A fuerza de remos y vela traté de avanzar para ponerme al habla con el capitán, pero luego comprendí la inutilidad del empeño. Entonces icé una pequeña bandera que había en la chalupa en señal de socorro e hice un disparo de escopeta. Los del buque no habían oído la detonación, aunque sí habían visto el humo, como luego me dijeron. Arriaron sus velas y al cabo de tres horas estábamos reunidos.

Me preguntaron quién era yo, en portugués, español y francés, idiomas que desconocía. Finalmente, un marinero escocés me dirigió la palabra. Le expliqué que era de nacionalidad inglesa y que me había evadido de la esclavitud de los moros de Salé. Entonces el capitán me invitó a subir a bordo, recibiéndome a mí y a mis pertenencias de la manera más amistosa.

Resulta difícil expresar la alegría que sentí al verme salvado de una situación tan desesperante. Ofrecí al capitán todo cuanto poseía, para demostrarle mi gratitud, pero éste tuvo la generosidad de declinar mi ofrecimiento, diciéndome que todo cuanto era mío me sería devuelto al llegar al Brasil.

—Al salvaros —agregó— sólo he hecho lo que quisiera hiciesen conmigo en circunstancias semejantes. ¡Y quién sabe si algún día no me veré reducido a la misma condición que vos!

Si aquel hombre se mostró generoso en los ofrecimientos, no fue menos escrupuloso para cumplirlos, prohibiendo a todos los tripulantes que tocasen los objetos de mi propiedad y dándome un recibo detallado de mis cosas que tomó como depósito. Con respecto a la chalupa me propuso comprármela para uso de su embarcación, preguntándome lo que pedía por ella. Le contesté que, en vista de su generosidad, yo no podía valorarla, dejándole que él fijara el precio. Éste fue luego fijado en ochenta monedas de oro, cada una de las cuales valía aproximadamente una libra esterlina, extendiéndome un pagaré que debería ser cobrado en el Brasil. Asimismo, me ofreció otras sesenta monedas de oro por Xuri, pero me resultaba difícil vender la libertad de aquel fiel muchacho que me había ayudado a recuperar la mía. Así se lo manifesté al capitán, lo que encontró muy razonable, pero como transacción me ofreció firmar un documento por el cual se comprometía a dejar en libertad a Xuri después de diez años. Bajo dicha condición entregué al joven esclavo, tanto más a gusto cuanto que el mismo Xuri accedió al ofrecimiento.

Después de veintidós días de una feliz navegación, llegamos a la bahía de Todos los Santos, en el Brasil. Nunca podré elogiar bastante el desinterés y generosidad del capitán. No solamente no quiso cobrarme nada por el pasaje, sino que además me dio cuarenta ducados por la piel del león. Me compró todo cuanto quise venderle, como dos escopetas, una caja de botellas y la cera que me quedaba. En total reuní doscientas monedas de oro, suma con la que desembarqué en el Brasil.

El capitán me puso luego en contacto con un hombre muy honrado, en cuya casa viví durante algún tiempo. Allí aprendí a cultivar la caña y a fabricar azúcar. Viendo la prosperidad en que vivían los plantadores, resolví hacer lo mismo, siempre que me dieran permiso para establecerme, proponiéndome al mismo tiempo retirar de Londres los fondos que allí tenía. Todo se realizó de acuerdo con mis deseos y al poco tiempo me instalé en los terrenos que había adquirido a un precio conveniente.

Tenía yo de vecino a un portugués, hijo de padres ingleses, llamado Wells y cuyos negocios marchaban más o menos a la altura de los míos. Por espacio de dos años sólo cultivábamos lo necesario para vivir, ya que no disponíamos del dinero suficiente para ampliar nuestras plantaciones. Después de ese tiempo, empezamos sí a prosperar, aumentando notablemente la productividad de nuestras tierras. Al tercer año plantamos tabaco, teniendo además extensos terrenos preparados para sembrar caña de azúcar. Entonces sentí la gran falta que me hacía Xuri y lamenté el haberme desprendido de él.

Entretanto, el capitán que me había salvado continuaba siendo para mí, un gran amigo y se disponía a emprender otro viaje a Lisboa. Un día que le conté sobre los fondos que había dejado en Londres, me dio este buen consejo:

—Si queréis entregarme una carta para la persona que os guarda en Londres vuestro dinero, con instrucciones de remitirlo a Lisboa, después de convertido en mercancías convenientes para este país, me comprometo a traéroslas a mi vuelta. Pero como todos los negocios están sujetos a riesgos, os aconsejo que sólo pidáis cien libras esterlinas, a fin de que la mitad de vuestro capital quede como reserva por si tenéis la desgracia de perderlas.

Todo lo hice de acuerdo a sus consejos y pronto le entregué una carta para la señora de Londres que tenía en su poder mi pequeña fortuna. Las cien libras esterlinas fueron convertidas en mercaderías en Inglaterra y remitidas a nombre del capitán a Lisboa, quien con toda felicidad llegó al Brasil.

Mi alegría fue inmensa cuando arribó dicho cargamento y creía ya tener hecha mi fortuna. El capitán no quiso para sí las veinticinco libras esterlinas que la viuda le había regalado, empleándolas más bien en contratarme un criado por un plazo de seis años.

Las mercancías eran de fabricación inglesa, tales como paños, tejidos y otras muy solicitadas en el país, razón por la que logré venderlas a muy buen precio, cuadruplicando el valor invertido. Como resultado pude mejorar mis trabajos mucho más que mi vecino, pues empecé comprándome un esclavo negro y alquilando los servicios de un criado europeo, además del que me había traído el capitán de Lisboa.

Al año siguiente tuve gran éxito en mis plantaciones; coseché cincuenta fardos de tabaco, cada uno de los cuales pesaba más de cien libras y que serían despachados a Londres, además del que ya había vendido para proveer a mis necesidades. Llevaba ya cerca de cuatro años en el Brasil y había entablado amistad con otros dueños de plantaciones que, como yo, confrontaban también la falta de esclavos negros. Frecuentemente en nuestras conversaciones les relataba sobre los viajes que había realizado a lo largo de la costa de Guinea y de la facilidad de efectuar la trata de esclavos a trueque de quincallería. No se cansaban de escucharme cuando les hablaba sobre dichos temas, pues el gobierno se había reservado el monopolio en la trata de negros, los que escaseaban mucho y además eran muy caros en el país.

Un día vinieron a verme tres plantadores para proponerme un negocio que exigía el mayor secreto. Se trataba de algo muy tentador para mí económicamente y que, además, me arrancaría de esa vida monótona que desde mi arribo al Brasil estaba llevando: un viaje a Guinea. Me dijeron que se proponían aparejar un barco para enviarlo en busca de esclavos negros, los mismos que en forma secreta serían desembarcados y repartidos luego entre sus propias plantaciones. Me ofrecían que yo viajara como comisionista y que en el reparto de los esclavos llevaría una parte igual a la de los demás, dispensándome de contribuir con la cuota para los fondos de la empresa.

No me fue posible rechazar dicho ofrecimiento, como tampoco antes había podido contener mis deseos de aventura. Sólo les exigí que se hicieran cargo de mis plantaciones durante mi ausencia, cosa que aceptaron, obligándose a ello por contrato. Y, finalizados los preparativos para el viaje, me hice a la mar, para mi desventura, el primero de septiembre de 1659, aniversario del día fatal en que ocho años atrás me había hecho a la mar en Hull.

Nuestra embarcación desplazaba aproximadamente ciento veinte toneladas y tenía una dotación total de catorce hombres. Sólo llevábamos la quincallería apropiada para nuestro comercio, consistente en baratijas de toda clase. El barco iba equipado además con seis cañones.

En cuanto zarpamos nos dirigimos con rumbo al norte, con un tiempo magnífico que nos acompañó a lo largo de toda la costa. Una vez que hubimos llegado a la altura del cabo de San Agustín, nos adentramos en el mar y pronto perdimos de vista la tierra. Tomamos rumbo al nordeste, de modo que atravesamos el ecuador después de doce días de navegación. Calculábamos encontrarnos a los siete grados y veintidós minutos de latitud septentrional, cuando se desencadenó una violenta tempestad que nos hizo perder por completo la orientación, obligándonos a navegar a la deriva por espacio de doce días. Una vez que hubo terminado la tempestad, el contramaestre calculó que nos hallábamos próximos a los once grados de latitud septentrional, o sea, que el barco había derivado hacia las Guayanas.

Juntos examinamos el mapa marítimo de América, deduciendo que no había tierras más próximas a nosotros que el archipiélago de las Caribes, razón por la que hicimos vela hacia las Barbadas. Cambiamos, pues, de rumbo, dirigiéndonos hacia el nornoroeste con la intención de llegar a alguna de las islas de los ingleses donde pudiéramos recibir socorro. Pero, encontrándonos en los doce grados de longitud y dieciocho de latitud norte, una segunda tempestad nos acometió, tan impetuosa como la primera, la que nos arrastró hacia el oeste, alejándonos de todo lugar frecuentado por gente civilizada, de modo que, si lográbamos salvar la vida del furor de las olas, pocas esperanzas nos quedaban de escapar de la voracidad de los salvajes.

Continuaba el viento soplando con la mayor violencia cuando amaneció y oímos a uno de los marineros que gritaba: "¡Tierra!"

En cuanto salimos del camarote para ver lo que sucedía, el barco chocó contra un banco de arena, en el que quedó encallado. Las olas penetraban con tanta furia, que tuvimos que aferrarnos a las bordas de la embarcarión para no ser arrastrados por las mismas.

Nuestra desesperación era indescriptible y todos estábamos mudos y paralizados ante la situación que se nos había presentado. Por momentos esperábamos que el barco se destrozara para perecer todos irremisiblemente, a no ser que por un milagro sobreviniera un momento de calma. Lo único que aguardábamos con seguridad era la muerte y en nuestro interior nos preparábamos para ello. Algunos llegaban a decir que el barco ya se había partido.

Como a cada momento el barco parecía zozobrar, tuvimos que sacar fuerzas de flaqueza y tratar de botar la chalupa al mar. Después de muchos esfuerzos lo logramos, embarcándonos todos en ella, encomendados a la protección del cielo y abandonados luego a la furia de las aguas.

La chalupa no tenía velas, pero empezamos a remar con todo vigor para ganar la costa. Ésta a cada momento nos parecía más inaccesible y peligrosa. Y es que todos sabíamos que en cuanto la chalupa se acercara a tierra recibiría golpes tan rudos que quedaría destrozada. Lo único que hubiera podido salvarnos habría sido encontrar alguna bahía que nos ofreciera abrigo contra el viento. Pero no había nada parecido y a medida que nos aproximábamos a la costa, ésta nos parecía más temible que el mar.

Después de haber remado algo así como milla y media, una ola que semejaba una montaña vino corriendo tras nosotros para anunciarnos el golpe de gracia. Y, en efecto, rompió con tal fuerza que volcó la chalupa, separándonos de ella y arrojándonos en distintas direcciones. No hay palabras para expresar mis pensamientos cuando me sentí sumergido en el fondo de las aguas, para luego ser impulsado por la ola hacia la orilla y dejado casi en seco.

Viendo la tierra más cerca de mí, tuve la suficiente presencia de ánimo para ponerme en pie y tratar de alcanzarla, aunque esto duró muy poco, ya que una segunda ola me cubrió con su masa de agua de unos veinte o treinta pies de altura, sintiendo que me arrastraba muy lejos hacia la tierra, mientras yo trataba de nadar conteniendo el aliento. De improviso me vi con la cabeza y los brazos fuera del agua, lo que me alivió bastante, ya que, aunque sólo duró unos dos segundos, me dio tiempo para respirar.

El agua volvió a cubrirme y, advirtiendo que la ola había roto y que empezaría a retroceder, avancé todo lo que me fue posible para evitar que me arrastrara mar adentro. En cuanto las aguas se hubieron retirado y después de tomar aliento, corrí hacia la playa todo lo que pude. Todavía otras dos veces me vi alzado por las aguas y arrojado siempre hacia delante. El último de esos asaltos casi me resultó fatal, pues me arrojó contra las rocas con tal fuerza que perdí el conocimiento. Una vez que me hube rehecho, y como las aguas ya no me cubrían, corrí un poco, con lo que logré, por fin, pisar terreno firme.

Inmediatamente de sentirme salvado alcé los ojos al cielo para dar gracias a Dios por haberme librado de muerte tan segura. Me paseé por la costa haciendo mil ademanes grotescos, manifestando así mi alegría y al mismo tiempo el pesar que sentía por mis compañeros, pues, desde que naufragamos, no pude ver la menor huella de ellos, excepto algunas prendas pequeñas.

Volviendo la mirada al barco encallado, que apenas distinguí debido a la gran distancia y al oleaje, no pude menos de exclamar:

—¡Dios mío! ¿Cómo es posible que haya podido llegar a tierra?

Pronto sí disminuyó mi entusiasmo y pensé que mi situación era terrible, pues estaba con las ropas mojadas y no tenía qué mudarme, sentía hambre y no tenía qué comer, tenía sed y no tenía nada para beber. No me quedaba, pues, otra alternativa que morir de inanición o ser devorado por las fieras. A todo esto, yo me paseaba de un lado para otro como un insensato, sumido en espantosas angustias. La noche se aproximaba y empecé a meditar sobre lo que me esperaba si es que aquella tierra albergaba bestias feroces, pues de sobra sabía que las fieras esperan las sombras para buscar su presa.

Me interné un cuarto de milla en busca de agua dulce para beber, la que por suerte encontré, eligiendo después un árbol frondoso para encaramarme en él y pasar la noche. Así instalado y debido al cansancio que tenía, pronto me dormí con un sueño profundo que reparó completamente mis fuerzas.

Desperté bien entrada la mañana. El tiempo estaba despejado, la tempestad se había calmado y el mar estaba tranquilo. Imagínese mi sorpresa a la vista del barco: durante la noche, la marea lo había levantado del banco de arena donde había encallado, para arrastrarlo hacia las rocas donde la víspera me había estrellado tan cruelmente. Se encontraba como a una milla de distancia de donde yo me hallaba y aún descansaba sobre su quilla.

Después de haber descendido del árbol, lo primero que descubrí fue la chalupa que la marea había arrojado contra la costa, a unas dos millas de distancia y a mano derecha. Traté de llegar a ella, para lo que caminé a lo largo de la playa, pero pronto me encontré con un brazo de mar de media milla de ancho, que se interponía entre nosotros, lo que me obligó a regresar. Desde ese momento mis pensamientos se fijaron sólo en el barco, en el que esperaba encontrar lo necesario para mi conservación.

Capítulo IV
Sobreviviendo en la isla

Después del mediodía noté que el mar estaba tranquilo y la marea tan baja que podía yo aproximarme hasta un cuarto de milla del barco. Esto me hizo pensar que si nos hubiéramos quedado a bordo, todos estaríamos ahora salvados y yo no hubiese tenido la desdicha de encontrarme huérfano de toda compañía. Dichos pensamientos me llenaron de pena, al extremo de provocar mis lágrimas. Pero, como éstas no aliviaban mi desgracia, resolví aventurarme visitando el barco.

Hacía mucho calor y me quité la ropa que llevaba. Luego me tiré al agua, llegando al poco rato al pie del buque, al que le di dos vueltas antes de descubrir una cuerda que colgaba de la proa. Tras no pocos esfuerzos logré trepar hasta el castillo de proa, observando luego que el barco estaba entreabierto y que tenía mucha agua en el fondo de la cala. La cubierta se hallaba completamente seca con todo cuanto contenía. Las provisiones que había en la despensa se encontraban todas en buen estado, y, como tenía gran apetito, mientras me hartaba de galleta me dedicaba a otras cosas, ya que no podía perder el tiempo. En el camarote del capitán encontré ron, del cual bebí un largo trago para darme ánimo.

Ahora sólo me faltaba una chalupa para transportar lo que me pareciera de mayor utilidad. Pero como la necesidad aguza el ingenio, pronto empecé a reunir todo el material que podría emplear en la fabricación de una balsa. A bordo teníamos varias vergas, dos mástiles de reserva y algunos timones grandes. Arrojé al agua todas las piezas de madera que no eran muy pesadas, después de haberlas amarrado a una cuerda para que no fuesen a la deriva. En seguida descendí por uno de los costados del barco, y, arrastrando los palos hacia mí, los amarré por los extremos lo mejor que me fue posible. Luego de colocar de través dos o tres tablas cortas, vi que podía caminar por encima, pero que la improvisada balsa no podría soportar una carga relativamente pesada debido a su ligereza. Por tal motivo volví a subir al barco y con la sierra del carpintero logré dividir en tres una de las vergas, las que luego añadí a mi balsa.

Una vez que comprobé su resistencia, empecé a tirar a la balsa todas las tablas que pude encontrar, después de lo cual bajé con una cuerda tres cofres de marineros que previamente había vaciado. En uno de ellos puse las provisiones: pan, arroz, algunos quesos de Holanda, cinco trozos de carne seca de cabrito y un poco de trigo. También encontré varias botellas de aguas cordiales y veinticinco frascos de aguardiente. Éstos los coloqué aparte, pues no eran indispensables. Mientras estaba ocupado en dichas diligencias, noté que la marea empezaba a subir, y, aunque tranquila, vi con pena que mi ropa, que había dejado en la orilla, empezaba a flotar en el agua. Esto me indujo a buscar otra para reemplazarla, lo que logré fácilmente.

Lo que más ambicionaba después de los comestibles eran herramientas, armas y municiones. Luego de buscar largo rato, pude encontrar el arca del carpintero, la que bajé y coloqué en la balsa. En el camarote del capitán había dos escopetas y un par de pistolas. Las tomé, así como unos tarros de pólvora, municiones y dos espadas herrumbrosas. Después de registrar largo rato, descubrí el paradero de los tres barriles de pólvora que yo sabía se habían embarcado. Dos de ellos estaban buenos y uno mojado. Coloqué los primeros también en la balsa, con lo que consideré haber hecho suficientes provisiones. Ahora tan sólo me quedaba ver la mejor manera de conducir mi precioso cargamento a tierra, cosa nada fácil, puesto que no disponía de velas, remos ni timón.

La balsa empezó a avanzar muy bien por espacio de una milla, pero advertí luego que se apartaba un poco del lugar donde yo había tomado tierra antes, haciéndome pensar esto que había alguna corriente de agua que bien podría llevarme a alguna bahía que me sirviera de puerto. Y así sucedió, pues descubrí una pequeña abertura de tierra hacia la cual me arrastraba el curso de la marea.

Encaminé la balsa hacia dicha dirección lo mejor que pude, aunque estuve en trance de naufragar con mi cargamento. Habiendo tocado tierra con uno de los extremos de la balsa, y como el otro flotaba en el agua, poco faltó para que todo resbalara y cayera en la corriente. En esta forma me vi obligado a sujetar con todas mis fuerzas los cofres por espacio de media hora, al cabo de la cual la marea subió lo suficiente para nivelar la balsa. Cuando la marea subió más, reflotó mi embarcación, y entonces, con ayuda de uno de los remos rotos, pude dirigirla hacia un lugar en que la tierra era lisa y compacta. Allí la aseguré lo mejor que pude hasta que bajó la marea, quedando por fin la balsa en seco con todo cuanto llevaba.

En seguida resolví ir a reconocer el lugar para instalarme en algún sitio seguro donde poder guardar además mis efectos. Como no conocía aún nada del lugar en que me encontraba, no sabía si se trataba de una isla o un continente, si estaba o no habitado por hombres, si había animales feroces o no. Aproximadamente a una milla de distancia se divisaba una montaña bastante elevada y escarpada, hacia la que resolví encaminarme.

Armado con una escopeta y una pistola, me dirigí hacia dicho lugar, al que llegué sumamente cansado. Allí comprendí lo triste de mi destino, pues advertí que se trataba de una isla inculta y en el mar solo se distinguían dos islotes menores que aquel en que me encontraba, situados a unas tres leguas hacia el oeste. Al regresar maté un pajarraco que vi posado en un árbol. Supongo que aquél fue el primer disparo oído en la isla desde la creación del mundo, pues al punto se elevó de todas partes una variedad infinita de aves, produciendo una música confusa con sus gritos y cantos de distintos tonos. En cuanto al pájaro que maté, era una especie de gavilán y su carne no era comestible, pues despedía un olor fuerte.

Una vez que llegué a la balsa empecé a descargarla, trabajo en el que demoré todo el resto del día. Llegada la noche, me construí una especie de cabaña, atrincherándome con los cofres y tablas que había traído del barco. Esa noche dormí muy bien, rendido por la fatiga del intenso esfuerzo que hube realizado durante todo el día.

A la mañana siguiente resolví emprender otro viaje a bordo a fin de traer muchas cosas que podrían serme útiles. Como no me pareció factible volver en la misma balsa, esperé que bajase la marea, tal como lo había hecho la víspera. La experiencia anterior me volvió más diestro y pronto tuve la nueva balsa lista con su cargamento. Esta vez traje media docena de hachas, un taladro y tres sacos llenos de clavos, así como seis mosquetes, otra escopeta, dos barriles de balas y un saco de perdigones pequeños. Además, tomé toda la ropa que pude encontrar, una vela, un colchón y algunas mantas. Emprendí el regreso con toda suerte y logré desembarcar sin novedad.

Una vez en tierra procedí a construir una pequeña tienda con la vela que había traído del barco, guardando en la misma todo cuanto podía ser destruido por la lluvia y el sol. Luego amurallé el recinto con los barriles y las arcas, colocándolos unos sobre otros. Hecho esto, y utilizando algunas tablas, cerré la entrada de la tienda interiormente, acostándome después sobre el colchón, no sin antes colocar el par de pistolas a la cabecera de mi lecho.

Es de suponer que el almacén de toda clase de mercancías que poseía yo entonces era el mayor que podía tener un hombre solo. Pese a ello, no estaba contento, pues pensaba que mientras el barco permaneciera sobre su quilla, era mi obligación ir a él y sacar todo cuanto pudiese. En esta forma iba todos los días a bordo, a la hora de la bajamar, y siempre traía alguna cosa útil. En el tercer viaje traje las jarcias del barco, una pieza de lona, todas las velas y hasta el barril de pólvora mojada.

En viajes posteriores descubrí un gran barril de galletas, otros tres con ron y aguardiente y una caja con harina. Después empecé a tomar los cables, cortándolos en pedazos proporcionados a mis fuerzas para poder manejarlos. Para transportar éstos construí una balsa enorme, pero iba tan cargada que, una vez próxima al desembarcadero, no pude gobernarla y se dio vuelta, lanzándome al agua junto con todo el cargamento. Perdí gran parte de éste, sobre todo el hierro, al que pensaba darle muy buen empleo. Pese a ello, y cuando la marea bajó, logré salvar gran parte de los cables, aunque con gran trabajo.

En trece días que llevaba en tierra había realizado ya once viajes hasta el barco, habiendo sacado de él todo cuanto había podido. Resolví volver por duodécima vez, pero, cuando me alistaba para hacerlo, percibí que el viento empezaba a soplar, aunque esto no me impidió llegar a bordo aprovechando la baja marea. En el camarote del capitán descubrí un armario con cajones, en uno de los cuales había dos o tres navajas de afeitar, un par de tijeras y una decena de cuchillos y tenedores, mientras que en otro encontré treinta y seis libras esterlinas y algunas monedas europeas y brasileñas, de oro y plata.

Al ver aquel tesoro no pude menos que sonreír, escapándoseme algunas palabras de desprecio hacia él. Pero, después de haber expresado toda mi indignación, mudé de parecer, y tomando todo el dinero, así como los utensilios, hice con ellos un paquete. Pero como el viento arreciaba y el cielo se había puesto nublado, desistí de construir la balsa acostumbrada y me lancé al agua a nado, con mi pequeño cargamento.

Después de grandes esfuerzos, tanto por el peso que llevaba como por la agitación del mar, logré alcanzar la costa e instalarme en mi tienda al abrigo del temporal. Toda la noche hubo mal tiempo, y por la mañana, cuando dirigí la vista al mar, vi que el buque había desaparecido. Me consolé al pensar que no había perdido el tiempo sacando del barco todo cuanto me podía ser de alguna utilidad y que apenas quedaría algo aprovechable.

Desde aquel día ya no pensé más en el barco y toda mi preocupación se concentró en procurarme una vivienda que me pusiera al abrigo de las fieras o de los salvajes que pudieran habitar la isla. Reconociendo que el sitio en que me hallaba no era apropiado para instalarme, tanto por ser húmedo y bajo cuanto por carecer de agua dulce en sus inmediaciones, resolví buscar uno que no adoleciera de dichos inconvenientes y que al mismo tiempo tuviera vista al mar por si la Providencia me enviaba algún barco en el que pudiera volver a la vida civilizada.

Buscando un lugar que reuniera dichas condiciones, encontré una llanura situada a los pies de una colina, cuyo frente era perpendicular, de suerte que nadie podía caer sobre mí desde arriba. Delante de una peña había una extensión hueca que semejaba la puerta de una cueva, ante la cual decidí construir la choza. Luego tracé delante de la peña un semicírculo de unos veinte metros de radio, en el que enterré dos hileras de fuertes estacas que quedaron firmes como pilares y cuyos extremos salían a una altura de cinco pies y medio. Entre ambas hileras había una distancia de sólo seis pulgadas, espacio que cubrí con los pedazos de cable que saqué del barco.

En esta forma obtuve una construcción bien sólida e invulnerable a cualquier tentativa, proviniera de hombre o de animal, por forzarla o escalarla. Esto me llevó bastante tiempo y trabajo, sobre todo el cortar las estacas, transportarlas desde el bosque y clavarlas en tierra.

La empalizada no tenía puerta de entrada, por lo que debía usar una escala para franquearla, la que después retiraba. De este modo me consideraba muy bien defendido contra cualquier enemigo que pudiera aparecer, aunque más tarde me convencí de que no necesitaba de tantas precauciones. Desde entonces y por largo tiempo dejé de dormir en la cama que había llevado desde el barco, prefiriendo hacerlo en una buena hamaca, que también tenía.

Dentro del recinto levanté la choza, la que construí doble para protegerme de las lluvias, que eran excesivas en dicha región durante ciertas épocas del año: primero hice una choza de regulares dimensiones, después una mayor que cubría a aquélla, y por último lo protegí todo con una lona embreada que había sacado del buque. Allí llevé en seguida todas mis provisiones y municiones, asegurando de ese modo mis riquezas.

Concluido esto, empecé a excavar la colina, arrojando la tierra y piedras que de ella sacaba al pie de la empalizada, de modo que quedó una especie de terraza que elevó la altura del terreno a un pie y medio. Luego construí una cueva detrás de la choza, la que sería la bodega. De más está decir que el trabajo fue muy largo y penoso, habiéndome sucedido durante él no pocos percances desagradables.

Un día, cuando todavía estaban en proyecto la cabaña y la bodega, se desencadenó una tempestad y de pronto cayó un rayo, seguido de un gran trueno. Esto me llenó de espanto: "¡Oh! —exclamé interiormente—. ¿Qué suerte irá a correr mi pólvora? ¿Y qué haré sin ella?"

Quedé tan preocupado con lo que había ocurrido, que una vez pasada la tormenta suspendí el trabajo de mis fortificaciones para proceder a guardar la pólvora en varios paquetes pequeños, a fin de que si se inflamaba uno, no quedasen expuestos los demás a correr la misma suerte. Demoré quince días en realizar dicho trabajo, y creo que la pólvora, que en total pesaría unas ciento cuarenta libras, la distribuí por lo menos en cien paquetes, que luego escondí en agujeros de las rocas, bien protegidos contra la humedad. En cuanto al barril que se había mojado, no me dio ningún temor y lo coloqué en la cocina, como me placía llamar a la cueva que estaba construyendo.

Durante todo el tiempo que dediqué a este trabajo, no dejé de salir por lo menos una vez al día con mi escopeta, ora para recrearme, ora para cazar alguna pieza buena para mi comida, o bien para informarme sobre lo que la isla producía. La primera vez que lo hice descubrí con alegría que había cabras, aunque pronto me desanimé al ver que dichos animales eran tan salvajes, astutos y ligeros, que resultaba imposible aproximarse a ellos.

Los estuve observando largamente y pude advertir lo siguiente: que cuando ellos se encontraban sobre las rocas y yo en el llano, escapaban velozmente, pero que si ellos se encontraban en la llanura y yo sobre las peñas, no se movían ni hacían caso alguno de mi presencia. Esto me indujo a pensar que debido a la posición de sus ojos no les era permitido mirar hacia arriba, motivo por el que después me cuidé de treparme a las rocas antes de empezar a cazarlos.

La primera vez que les disparé con mi escopeta, maté una cabra que a su lado tenía un cabrito, cosa que sentí mucho. Cuando la madre cayó, el hijo quedó a su lado hasta que fui a recogerla. Cargué la presa a las espaldas y mientras la llevaba a mi fortaleza, la cría me siguió. Allí dejé la cabra en el suelo y, tomando el cabrito, lo pasé al otro lado de la empalizada con la intención de domesticarlo. Mas éste no quiso comer, viéndome obligado a matarlo para servirme de él como alimento. Dicha caza me proporcionó carne por largo tiempo, pues yo vivía sobriamente y ahorraba cuanto podía, sobre todo las galletas.

Establecido ya en mi habitación, consideré necesario escoger otro sitio y almacenar combustible para tener un fogón. Pero lo que hice a este respecto y la forma en que ensanché mi caverna son cosas que explicaré más adelante, pues ahora debo relatar algo que me concierne personalmente y que se refiere a los pensamientos que conturbaron mi espíritu en diversas oportunidades.

Un día, mientras me paseaba por la orilla del mar con la escopeta bajo el brazo, meditaba sobre la tremenda desgracia de encontrarme en una isla solitaria, separada por algunas centenas de millas de la ruta que frecuentan los navegantes, atribuyendo tal hecho a la justicia divina, que me condenaba a terminar penosamente mis días en tan triste lugar. Las lágrimas corrían por mis mejillas cuando la razón, que conoce el pro y el contra de las cosas, replicó de la siguiente manera a mis sentimientos: "Cierto es que me encuentro en una situación deplorable; pero ¿qué fue de mis compañeros? ¿Acaso no íbamos once en el barco? ¿A qué se debe que yo me haya salvado y ellos no? ¿Qué vale más, estar aquí o estar allí? —mientras señalaba el mar con el dedo—. ¿No hay que considerar las cosas tanto por el lado bueno como por el malo?"

Reflexioné luego sobre lo asegurada que tenía mi subsistencia y acerca de cuál habría sido mi suerte si el barco no hubiera flotado lo suficiente para sacar de él todo cuanto ahora poseía.

—¿Qué habría sido de mí? —exclamé en voz alta—. ¿Qué habría hecho sin armas para cazar, sin ropas para cubrirme, sin herramientas para trabajar, sin choza para protegerme?

Yo poseía todas aquellas cosas y tenía asegurada mi subsistencia por tiempo indefinido. Además, ya tenía previsto el modo de subsanar todos los accidentes posibles, como, por ejemplo, que se me agotaran las municiones o mi salud se resintiera. Confieso, sin embargo, que cuando pensaba en que el rayo podría inflamar mi pólvora me entristecía enormemente. Por ello ahora voy a relatar la historia de una vida silenciosa, de una vida que sin duda no tiene paralelo, remontándome ordenadamente hasta el principio de mi desventura en la soledad.

De acuerdo con los cálculos que hice, el treinta de septiembre puse por primera vez los pies en la isla, en la época del equinoccio de otoño, cuando el sol dirigía sus rayos perpendicularmente sobre mi cabeza, debiendo encontrarme a los nueve grados y veintidós minutos de latitud norte.

A fin de no perder el cómputo del tiempo, ya que carecía de útiles para escribir, levanté junto a la costa, en el punto en que había pisado tierra por primera vez, un poste de madera cuadrado, con la siguiente inscripción: "En este sitio abordé el 30 de septiembre de 1659".

A ambos lados del poste marqué cada día una estría, cada siete días una mayor, y el primer día de cada mes una más grande aún. En esta forma obtuve un calendario que marcaba exactamente los días, las semanas, los meses y los años.

Entre las muchas cosas que saqué del barco en los varios viajes que a él hice, había otras que, aunque no tan importantes como las que llevo indicadas, no por ello dejaron de serme útiles, tales como papel, plumas y tinta, lo que me permitió llevar una relación de todo cuanto me ocurría, hasta que se me agotaron. También cargué con algunos compases, catalejos, instrumentos de matemáticas, cartas y libros de navegación, así como con tres Biblias y algunos libros portugueses, entre los cuales había algunos de oraciones.

Debo recordar también que en el buque llevábamos dos gatos y un perro, cuya importante historia encontrará su lugar correspondiente en ésta. A los gatos los embarqué en la balsa. En cuanto al perro, saltó del barco al mar, viniendo a buscarme a tierra al día siguiente de transportar mi primer cargamento. Este fiel animal fue para mí un amigo y un sirviente. Empleó su vigor y su fino instinto en conseguir para mí todo lo que podía. Lo único que no pude lograr de él, y que tanto lo hubiera deseado, fue que aprendiera a hablar.

Ya he descrito mi morada, que había instalado al pie de una colina, rodeada de una doble fila de fuertes estacas. Es verdad que en terminar la empalizada tardé cerca de un año, pero resultó una verdadera muralla, pues ciertamente la había cubierto por ambos lados. También he descrito cómo había protegido mis cosas, tanto en la tienda como en la bodega que tenía atrás. Pero he de agregar que en un comienzo todo era una confusión de muebles y utensilios que, por estar desordenados, ocupaban mucho espacio, de modo que no me quedaba sitio para moverme. Por tal motivo resolví agrandar la caverna, encontrando que la tierra era suelta y cedía fácilmente al trabajo que en ella ejecutaba. Penetré un buen trecho a mano derecha, y luego, girando nuevamente a la derecha, logré abrir un boquete para poder salir y que fuera independiente de la empalizada.

Después procedí a construirme algunos muebles que me resultaban indispensables, tales como una mesa y una silla, sin los cuales no podía escribir ni comer cómodamente. Para ello empleé trozos de las tablas que había traído del barco. También coloqué tablones a lo largo de las paredes de la caverna, de un pie y medio de ancho, en los que ordené las herramientas, clavos y herrajes, pudiendo así encontrarlos con facilidad. En los muros hinqué algunas clavijas para colgar las escopetas y otros objetos apropiados. En esta forma la caverna tomó el aspecto de un bazar en el que se podían encontrar las cosas más útiles.

Instalado en esta forma en mi morada, rodeado de algunos muebles que me brindaban comodidad, como ser la mesa y la silla, fue como pude empezar a escribir un Diario que continué hasta que la tinta se hubo agotado.

A continuación transcribo algunos extractos de dicho Diario. No lo hago en su totalidad por haber ya referido muchos hechos y acontecimientos contenidos en el mismo.

Capítulo V

Un "diario" humano y otro divino

El veintisiete de diciembre maté un cabrito, hiriendo a otro, al que después de atrapar lo llevé a mi cabaña. Le vendé la pata y lo cuidé tan bien, que pronto estuvo sano, pudiendo correr como antes. Se acostumbró tanto a estar conmigo que se paseaba por el cercado y pacía sin intentar escaparse. Esto hizo nacer en mí la idea de criar animales y domesticarlos, a fin de procurarme alimento seguro cuando las municiones se me hubiesen agotado.

El primero de enero de 1660 hizo mucho calor, pero salí con la escopeta por la mañana y al atardecer. En la segunda salida, habiéndome internado en los valles que se extienden hacia el centro de la isla, encontré grandes rebaños de cabras, pero tan salvajes y hurañas que me resultó muy difícil acercarme a ellas.

Dos días después, o sea el tres, empecé a construir mis murallas, cuidando de que la obra fuera muy sólida, pues siempre temía ser atacado. Como ya he descrito dicha muralla, omito lo que al respecto dice el Diario. Tan sólo indicaré que su construcción me llevó desde el tres de enero hasta el catorce de abril, meses éstos en que me vi contrariado por las lluvias. Pese a ello, salía a diario a los bosques en busca de mi acostumbrada caza, salvo cuando la lluvia me lo impedía.

Un día de aquellos, mientras registraba entre los muebles, encontré un saco que contenía granos para alimentar las aves del barco. Como el trigo que quedaba no valía nada por estar roído por las ratas, fui a sacudirlo junto a la empalizada a fin de ocuparlo en algún menester. Esto pasó antes del período de lluvias de que acabo de hablar, y un mes después yo no recordaba nada de lo que había echado en aquel paraje. Grande, pues, fue mi sorpresa cuando una mañana vi que asomaban en la superficie de la tierra unos pequeños tallos, los que primero tomé por plantas silvestres. Mi admiración llegó a su colmo al ver que al cabo de algún tiempo aparecían diez o doce espigas de trigo maduro, tan bueno como el que crece en Europa y aun en la misma Inglaterra.

Es fácil imaginar que en la estación propicia recogí dicho trigo para volverlo luego a sembrar. Pero el grano de dicha primera cosecha se perdió casi todo por haberlo sembrado en la estación seca. Tuve que esperar cuatro años para poderme servir de él, y aun así lo usé con prudencia, como explicaré más adelante.

Además del trigo coseché también unas treinta espigas de arroz, las que conservé y empleé en igual forma, con la diferencia de que este último me pudo servir tanto para hacer pan como para guisar.

El catorce de abril, como ya llevo dicho, concluí de edificar la muralla, y el dieciséis terminé la escala con la que cruzaba la empalizada a falta de puerta de acceso. En esta forma nadie podía penetrar en el recinto a no ser pasando por encima de dicha empalizada.

Al siguiente día de haber concluido tales obras, poco faltó para que las viera desplomarse y haber quedado yo mismo sepultado bajo ellas. La cosa sucedió cuando me encontraba detrás de mi choza y empezó a derrumbarse la tierra desde lo alto de la bóveda y de la piedra que quedaba sobre mi cabeza. Esto me hizo sobresaltar, pues además los pilares que había plantado en la caverna crujieron horriblemente.

El terror me hizo pasar por encima de la muralla y seguir corriendo a fin de escapar de los fragmentos de roca que a cada momento esperaba se desplomaran sobre mí. En realidad lo que estaba ocurriendo era nada menos que un horrible terremoto. Tres veces se sacudió con violencia la tierra bajo mis pies, con intervalos de ocho minutos aproximadamente. Una gran mole de piedra se desplomó a media milla del lugar donde yo estaba, provocando su caída un ruido tan espantoso como el del trueno. El mar parecía sacudirse aún con mayor violencia que la isla.

Las sacudidas de la tierra me provocaron náuseas, tal como si me encontrase en un barco agitado por una fuerte tempestad. Pero el estrépito producido por el desprendimiento de la montaña me arrancó de mi estupor para llenarme de pánico y espanto. Creí ver desprenderse peñascos que sepultarían mi cabaña y con ella todas mis riquezas. Sin embargo, durante todo ese tiempo no afloró a mi espíritu ningún sentimiento religioso. Sólo de cuando en cuando balbuceaba de labios afuera estas palabras: "Señor, apiádate de mí". Y aun aquella sombra de religión duró apenas los momentos de mayor peligro, para luego desaparecer.

Como después de dichas tres sacudidas no se repitió ninguna otra, empecé a recobrar el ánimo, mientras el tiempo se volvía tempestuoso y el cielo se cargaba de nubes. Luego se desencadenó un viento violento que arrancó los árboles, mientras que el mar se llenó de espumas y la playa fue invadida por las aguas.

El huracán duró cerca de tres horas, para luego ir disminuyendo, mientras caía una copiosa lluvia. Esto me convenció de que el terremoto había terminado, regresando a mi morada para refugiarme dentro de la caverna, pues temía que la choza pudiera ser destruida por la violencia de la lluvia. Luego me vi obligado a construir, a través de la empalizada, una especie de canal para desaguar el recinto y por temor de que la caverna se inundara. Una vez que me sentí seguro bebí un largo trago de ron, pues mi ánimo harto lo necesitaba.

Como siguió lloviendo toda la noche y parte del día siguiente, me vi obligado a permanecer dentro de la caverna, aunque ya con el espíritu mucho más sosegado. Pensando en que la isla estaba sujeta a terremotos, empecé a planear la necesidad de construirme otra vivienda en un lugar descubierto, donde en igual forma me amurallaría tras una fuerte empalizada para ponerme al resguardo de las fieras y los hombres.

El veintidós de abril, desde temprano, me puse a pensar en la mejor manera de ejecutar mi proyecto, aunque carecía de buenas herramientas. Pese a que tenía tres azuelas y muchas hachas, éstas estaban con el filo mellado, debido a haberlas empleado en cortar maderas sumamente duras. Entonces me dediqué a la tarea de fabricarme una máquina afiladora, ya que poseía una piedra de afilar que había sacado del barco. Como nunca había observado con detención una máquina de éstas, me vi en serias dificultades para imaginármela. Pero, después de muchos tanteos, y valiéndome de una rueda y un cordón, logré construirla de modo que podía manejarla con el pie quedándome ambas manos libres.

Los días veintiocho y veintinueve de abril los dediqué a afilar las herramientas, pues la máquina que había inventado funcionaba admirablemente.

Día primero de mayo. Al mirar temprano al mar, divisé un objeto algo grande en la costa, semejante a un tonel. Aproximándome pude observar que el huracán había arrojado a tierra un barril pequeño, así como algunos restos del buque. Este último sobresalía del agua mucho más que antes. El barril contenía pólvora, pero estaba tan mojada que parecia piedra. De todos modos lo hice rodar hacia la arena para alejarlo del agua, acercándome luego al barco lo más que pude a fin de examinar el casco.

La posición del buque había variado de un modo extraño, pues el castillo de proa, que antes estaba enterrado, ahora se elevaba seis pies, mientras que la popa se había destrozado y separado del resto por la tormenta. Pronto comprendí que tal cambio había sido provocado por el terremoto, el que abrió el buque mucho más de lo que estaba antes, arrojando a tierra una gran cantidad de objetos.

Desde aquel momento se encaminó todo mi pensamiento a idear los medios para penetrar en el barco, cosa nada fácil, porque la arena lo había cubierto hasta los bordes. Pese a ello, resolví hacer pedazos todo cuanto pudiera de los restos de la embarcación, seguro de que cuanto obtuviera siempre me sería de alguna utilidad.

A partir del tres de mayo, empecé a trabajar con el mayor empeño en el barco destruido, valiéndome de la sierra, dos hachas y una palanca de hierro. Dicho trabajo me mantuvo ocupado hasta el quince de junio, habiendo logrado reunir tablas y hierro en cantidad suficiente para construir una lancha si hubiera sido capaz de hacerla. Todas las demás cosas que logré sacar del barco, como ser un barril lleno de carne de cerdo, se encontraban estropeadas por la acción del agua y la arena.

El dieciséis de junio bajé a la playa y encontré una gran tortuga, la primera que había visto en la isla; sin embargo, ello se debió más a mi mala suerte que a la escasez de dichas especies, pues me hubiera bastado con ir al otro lado de la isla para encontrarlas por centenas todos los días.

El diecisiete de junio lo destiné íntegramente a preparar la tortuga, dentro de la cual encontré una gran cantidad de huevos. Su carne me pareció el más sabroso y delicado manjar que jamás haya probado, pues desde mi llegada a aquel remoto lugar me había visto reducido a la de ave y de cabra.

El dieciocho permanecí sin salir, pues llovió todo el día. La lluvia me parecía fría y yo también sentía frío, cosa frecuente en aquella latitud.

Desde el diecinueve hasta el veintiuno estuve enfermo, sin poder descansar ni dormir de noche, pues me acometió una fiebre intensa acompañada de un fuerte dolor de cabeza. El tercer día me desesperé tanto al verme enfermo y abandonado de todo auxilio humano, que empecé a rezar a Dios, aunque no sabía lo que decía, ya que mis ideas estaban muy confusas.

El veintidós mejoré bastante, aunque los temores provocados por la enfermedad me trastornaban. Durante los días subsiguientes, la enfermedad me acometió en forma intermitente, mejorando un día para empeorar el otro. Así permanecí hasta el veintisiete, que fue el día en que la fiebre me acometió más violentamente. La sed me devoraba, pero no podía levantarme para ir por agua puesto que la debilidad era extrema. De nuevo recurrí a Dios, y estuve repitiendo durante dos o tres horas estas palabras:

—¡Señor, apiádate de mí! ¡Ten piedad, Señor!

Finalmente desapareció la fiebre y me dormí hasta bien entrada la noche. Cuando desperté me sentí mejorado, aunque la sed continuaba. Como no tenía agua en mi cabaña, hube de resolverme a permanecer acostado hasta la mañana siguiente. Muy luego volví a dormirme y entonces tuve un horrible sueño, que ahora voy a relatar.

Me imaginé sentado en el suelo, más o menos en el mismo lugar donde me hallaba cuando se produjo el huracán que siguió al terremoto, y que de una nube negra y densa descendía a tierra un hombre envuelto en un torbellino de fuego. Brillaba en tal forma toda su persona, que mis ojos no podían tolerar su vista sin encandilarse. Su semblante me aterrorizó en una forma espantosa. Cuando puso los pies en tierra, ésta se estremeció, mientras que el aire se enardecía como una hoguera. Inmediatamente se acercó a mí para matarme, armado con una inmensa lanza, profiriendo con voz terrible estas palabras:

"Por no haberte arrepentido al ver tantas señales, morirás". Dicho lo cual se abalanzó para herirme, alzando su temible lanza...

Las angustias en que quedé sumido después de semejante visión son indescriptibles. Lo peor de todo es que luego de haber despertado y pese a las luces de la mañana y de la razón, continuaba mi alma obsesionada con tan impresionante recuerdo.

Ni siquiera podía apelar a la religión, pues la verdad es que apenas conservaba algún conocimiento de ella. Las enseñanzas de mi padre y la buena educación que me había dado habíanse borrado a lo largo de ocho años de convivir entre marineros rudos y embrutecidos. Poseía la dureza propia de éstos y no conservaba ningún sentimiento de temor hacia Dios en los momentos de peligro ni de gratitud cuando me había salvado de ellos.

Pero ahora que me había visto gravemente enfermo y que la imagen de la muerte se me presentaba en forma dramática, mi conciencia adormecida por tan largo tiempo pareció sacudirse y despertar. Me arrepentí sinceramente de mi vida pasada, desesperándome al ver que tenía que luchar contra desgracias muy superiores a mis débiles fuerzas, sin tener consuelo ni socorro divinos. Entonces exclamé angustiado:

—¡Dios mío, amparadme, que soy tan desgraciado!

El veintiocho de junio me levanté ya más aliviado, pues había dormido bien y la fiebre había desaparecido. Pensando sí que el acceso podría repetirse en la noche, coloqué junto a mi cama una gran botella con agua, a la que añadí un poco de ron. Asé un trozo de carne de cabrito para comer, pero apenas pude probar bocado. Salí luego a dar un corto paseo, y por la noche sólo me serví tres huevos de tortuga pasados por agua.

Me disponía a acostarme, pero sentía gran desasosiego y preferí quedarme sentado en la silla. Estaba pensando, no sin inquietud, en que la fiebre podría repetirse, cuando de pronto recordé que los brasileños no tomaban otra clase de remedio que tabaco para toda clase de enfermedades. Y sabiendo que en una de las arcas conservaba un rollo de hojas, casi todas maduras, me dirigí a buscarlas

Como guiado por el Cielo me encaminé hacia el arca que contenía la curación de mi cuerpo y de mi espíritu. En ella encontré en primer lugar el tabaco, tomando luego una de las Biblias que había salvado del barco y que hasta entonces no había abierto una sola vez.

Como no conocía la forma de emplear el tabaco, lo probé de diversas maneras a fin de lograr buen resultado. Primero me puse un pedazo de hoja en la boca y la mastiqué, pero como era demasiado fuerte y no estaba acostumbrado a su uso, me aturdió muchísimo. Después empapé algunas hojas en ron para dejarlo macerar durante dos horas y beber una dosis al tiempo de acostarme. Finalmente tosté las hojas entre brasas, absorbiendo el humo todo el tiempo que pude y hasta que estuve a punto de asfixiarme.

Mientras se maceraban las hojas, abrí la Biblia y empece a leer. Pero las exhalaciones del tabaco me habían embotado la mente y no pude hacerlo. De todos modos, al fijar la mirada en el libro abierto me encontré con las siguientes palabras:

"Invócame el día de tu aflicción y yo te libertaré y tú me glorificarás."

Dichas palabras me impresionaron enormemente, tal vez por acomodarse al estado espiritual en que me encontraba, motivo por el que después, y con bastante frecuencia, las hice tema de mis meditaciones.

Como precaución dejé encendida la lamparilla y fui a acostarme, no sin antes haberme arrodillado e implorado a Dios para que cumpliera su promesa de libertarme si le invocaba el día de mi aflicción. Después de terminado el rezo, imperfecto si se quiere, bebí la poción que había preparado, aunque era tan fuerte que me costó mucho poder ingerirla. La pócima se me subió a la cabeza, y como las inhalaciones que antes había hecho con el humo me habían producido gran pesadez, me dormí tan profundamente que cuando desperté eran alrededor de las tres de la tarde. Algo más: hasta ahora no he podido saber si sólo dormí ese tiempo, o si recién desperté al día subsiguiente, pues de otro modo no comprendo cómo pudo faltarme un día en mi calendario, cosa que comprobé algunos años más tarde.

Cuando desperté al día siguiente, presumiblemente el veintinueve de junio, me encontré muy aliviado, sintiéndome animoso y alegre. Al levantarme, tenía más fuerzas que antes de haberme acostado y me volvió el apetito. La fiebre había desaparecido por completo y la mejoría era franca.

El treinta de junio salí de caza, pero sin alejarme mucho. Con mi escopeta maté dos aves marinas, muy semejantes a los patos silvestres, y las llevé a mi tienda. Sin embargo, no intenté comerlas, contentándome con algunos huevos de tortuga, que eran muy sanos. Antes de acostarme repetí la medicina, que suponía yo me había curado, aunque lo hice con moderación: no mastiqué el tabaco ni inhalé el humo. Al siguiente día no me encontraba, sin embargo, tan bien como esperaba y tuve algunos escalofríos.

El dos de julio volví a tomar la medicina de las tres maneras. Tal como me había sucedido la primera vez, se me subió a la cabeza y dormí muchas horas.

El día tres desapareció la fiebre de manera definitiva, aunque tardé varias semanas en recuperar totalmente las fuerzas.

Entretanto meditaba seriamente sobre el sentido de estas palabras: "Yo te libertaré", reflexiones que penetraban en mi corazón. Puesto de rodillas, di gracias a Dios por mi mejoría.

El cuatro de julio por la mañana tomé la Biblia y empece a leer el Nuevo Testamento. Mañana y noche me dedicaba a ello, sin señalar cierto número de pasajes, sino de acuerdo con el estado de ánimo en que me encontraba. A poco de haberme acostumbrado a dichos ejercicios espirituales, sentí en mi corazón un profundo pesar por mis pasados pecados, volviendo la impresión del horrible sueño que me traía a la memoria las conmovedoras palabras: "Al ver tantas señales, no te has arrepentido".

Un día pedía yo a Dios ese arrepentimiento, cuando, por un acto de su providencia, hizo que al abrir las Sagradas Escrituras diera con este pasaje: "Él es príncipe y salvador, y ha sido creado para dar arrepentimiento y remisión." No bien hube terminado la lectura del versículo, alcé los brazos al cielo en un transporte de alegría infinita, para exclamar con el corazón:

—Jesús, hijo de David, tú que fuiste creado para dar el arrepentimiento, dádmelo a mí.

Desde aquel día el pasaje "Invócame y yo te libertaré" se llenó de un sentido que antes no lo tuvo para mí. Porque cuando pensaba en la liberación, ya no lo hacía apuntando a una liberación física, vale decir a la liberación del cautiverio que significaba la isla, por amplia que fuese, sino que aprendí a interpretar su sentido bajo una nueva luz. Repasando con espanto mi vida pecaminosa, pedí a Dios que liberara mi alma del enorme peso bajo el cual agonizaba. Respecto a mi vida solitaria, ya no me preocupó en lo más mínimo. Ni siquiera pedí a Dios que me arrancara de ella. El mal de mis pecados era el único que me atormentaba, haciéndome padecer.

Pese a que mi situación continuaba siendo la misma de antes, materialmente hablando, sin embargo, se había enriquecido una enormidad, tornándose más soportable y grata. Las regulares lecturas de la Biblia y el acostumbramiento a los rezos me aproximaban a Dios. Todo esto hizo nacer en mi espíritu esperanzas y consuelos que hasta entonces me eran desconocidos. Y como de otro lado volvían a mí la salud y las fuerzas que había perdido, pude de nuevo ordenar mi manera de vivir en forma completamente satisfactoria.

Capítulo VI

Agricultor y artesano obligado

Del cuatro al catorce de julio mi ocupación principal consistió en salir con la escopeta a dar breves paseos. Éstos los realizaba cortos debido a que sólo ahora me estaba recuperando de la enfermedad. El estado de debilidad y agotamiento en que quedé era extremo, y tal vez se debía en parte al medicamento que usé. No creo que antes hubiera curado ninguna fiebre, y el experimento realizado en mí no me autoriza a recomendarlo a nadie, puesto que si por un lado acabó con la fiebre, por el otro contribuyó a debilitarme. Durante algún tiempo padecí, además, fuertes convulsiones en el cuerpo y trastornos nerviosos.

Los continuos paseos me sirvieron para aprender que no hay nada más pernicioso para la salud que salir de excursión durante la estación lluviosa, mucho más si la lluvia va acompañada de tempestades. Esto sucedía principalmente en la temporada seca, cuando las lluvias caían con tormentas, motivo por el que las consideré siempre más peligrosas que las de septiembre u octubre.

Cerca de diez meses llevaba en la isla y ya se había apartado de mi imaginación el pensamiento de salir algún día de ella. Estaba convencido firmemente de que nadie había puesto los pies en esos lugares. Como en mi opinión mi casa se hallaba completamente segura por las fortificaciones que le había hecho, pensé realizar una exploración más minuciosa de la isla a fin de descubrir cualquier riqueza que hubiera permanecido oculta ante mis ojos.

El quince de julio empecé el reconocimiento de la isla. Primeramente fui a la pequeña bahía de que ya he hablado y a la que había arribado con mis balsas. Recorrí la ribera del río por espacio de unas dos millas, viendo que la marea no subía hacia allí y que sólo había un riachuelo de agua muy dulce y excelente. Pero, como estábamos en verano, o sea en la estación seca, la corriente que formaba era muy escasa.

En sus orillas se extendían dilatadas y verdes praderas que, al alejarse del cauce del río, se elevaban imperceptiblemente. En aquellos lugares en que parecía que las aguas no habían llegado nunca, descubrí gran cantidad de plantas de tabaco. Había otras muchas desconocidas para mí, ignorando por cierto su utilidad. Me dediqué a buscar mandioca, raíz que los americanos usan como pan en todas aquellas latitudes, pero no pude encontrarla. La caña silvestre crecía por todas partes, así como hermosas plantas de áloe, pero no conocía su aplicación.

En dicha oportunidad me conformé con el descubrimiento, regresando luego a casa mientras reflexionaba sobre los medios de que podría valerme para enterarme de las propiedades de las plantas y frutos que encontrara en lo sucesivo. Sin embargo, no pude tomar ninguna determinación al respecto. Pese a haber estado largo tiempo en el Brasil, no me había preocupado en observar las plantas propias del lugar, y los escasos conocimientos que tenía sobre las mismas no me servían de gran ayuda debido al estado en que me encontraba.

El dieciséis de julio, o sea al día siguiente, emprendí nuevamente el mismo camino, internándome más que la víspera.

En esta forma llegué al convencimiento de que el arroyuelo y las praderas no iban más lejos y que la campiña empezaba a ponerse boscosa. Encontré gran variedad de frutas, sobre todo melones que cubrían el suelo y uvas cuyos racimos dorados colgaban de las parras ya listos para ser vendimiados. Este último descubrimiento me llenó de alegría.

A la vista de aquellas frutas tuve que controlar mi apetito, acordándome de haber visto morir en Berbería a algunos ingleses, también esclavos como yo, por haber enfermado de disentería debido a comer uvas en exceso. Para ello tuve la precaución de seguir el procedimiento empleado en España en la elaboración de las llamadas pasas, consistente en cortar los racimos y exponerlos a la acción del sol para que se sequen. En esta forma conseguí una buena provisión que guardé para el otoño, obteniendo así un alimento tan exquisito como saludable.

Permanecí allí el día entero, y cuando cayó la tarde no juzgué prudente regresar a la choza, motivo por el que resolví dormir fuera de casa, cosa que hacía por primera vez desde mi arribo a la isla. Cuando llegó la noche escogí un albergue semejante al primero que había tenido en mis dominios: un frondoso árbol, en el que cómodamente instalado me dormí en forma profunda. Al amanecer proseguí la exploración, rumbo al norte, recorriendo aproximadamente cuatro millas.

Al cabo de la jornada encontré un valle que parecía inclinarse hacia el oeste, el mismo que estaba regado por un arroyuelo de agua fresca que salía de una montaña poco elevada. Toda la región era tan templada, verde y florida, que parecía un jardín artificial en el que reinaba una permanente primavera.

Me interné un poco en el valle para luego detenerme a contemplarlo tranquilamente. Al punto cesaron mis graves preocupaciones para dar paso a la admiración y el arrobamiento, mezclados con el extraño placer de saber que todo eso era mío, y que tenía un derecho soberano de posesión, no sólo en el presente, sino que de tener herederos podría trasmitírselos tal como en Inglaterra se trasmiten los feudos.

Entretanto, pude observar que había una gran cantidad de naranjos y limoneros, así como algunos árboles de cacao, aunque con escasos frutos. Pese a ello, los limones verdes que pude tomar resultaron no sólo exquisitos, sino muy agradables, pues más adelante mezclé su jugo con agua, obteniendo así una estupenda bebida.

Como vi que el trabajo que me esperaba era pesado, ya que me proponía reunir una buena cantidad de frutas para llevarlas a mi morada a fin de disponer de ellas durante la estación lluviosa, formé tres montones: dos de uva y uno de limones. Y, cargando con parte de la fruta, me encaminé hacia la caverna, resuelto a regresar muy pronto para llevarme lo que quedaba.

Demoré tres días en volver hasta la caverna, pero ya antes de llegar las uvas se habían aplastado en tal forma por su madurez y su peso, que en verdad no valían casi nada. Los limones llegaron en perfecto estado, pero había muy pocos.

El diecinueve de julio, o sea al día siguiente, regresé con dos pequeños sacos a fin de recoger mi cosecha, pero grande fue mi sorpresa al ver que las uvas estaban desparramadas y destrozadas totalmente y que muchas habían sido roídas. De ello deduje que en los alrededores habría animales dañinos capaces de ocasionar tales calamidades.

Inmediatamente procedí a recoger los racimos que se habían salvado de ser estropeados, pero no sabía qué partido tomar, pues por un lado no los podía llevar a la caverna, ya que en el viaje se aplastarían, y, por el otro, tampoco los podía dejar apilados como lo había hecho la víspera. Entonces elegí un tercer camino que me dio muy buen resultado: tomé todos los racimos que pude y los colgué en las ramas de los árboles para que se secasen al sol. En cuanto a los limones, cargué una buena cantidad de ellos en los sacos para llevarlos a la caverna.

De regreso de la excursión pude admirar en toda su amplitud la belleza y benignidad del vallecito, así como las ventajas y seguridades que podía dar como refugio contra las tempestades y los vientos del este, ya que estaba resguardado por altos bosques y colinas. De ello deduje que había elegido el peor lugar para establecer mi morada y empecé a forjarme proyectos para trasladar mi cabaña a aquel paraje fértil y grato.

Mucho tiempo llevé pensando en dicho proyecto, pero, cuando consideré las cosas con mayor detenimiento, comprendí que por estar mi morada próxima al mar, podría dar lugar a acontecimientos ventajosos para mí, y ya que el destino me había llevado a donde yo me encontraba, también podría enviarme compañeros de desgracia. Aunque esto era poco probable, no dejaba de ser una esperanza razonable, la misma que desaparecería por completo si me trasladaba al centro de la isla para encerrarme entre bosques y colinas.

Pese a haber tomado tan juiciosa resolución, me había subyugado en tal forma el paisaje que pasé en el valle casi todo lo que aún quedaba de julio, y satisfice en parte mi deseo levantando allí una pequeña cabaña rodeada de una empalizada de regulares dimensiones. Algunas veces dormí hasta tres noches seguidas en dicha segunda fortaleza, pasando por sobre la empalizada con una escala, tal como lo hiciese en la primera. Desde entonces me placía pensar que era un hombre que tiene dos residencias: una en la costa, para cuidar de su comercio y del arribo de los barcos, y otra de recreo en la campiña, para realizar la recolección de los frutos y la vendimia. Los trabajos que realicé en este último albergue me mantuvieron ocupado hasta el primero de agosto.

No bien hube acabado de construir mis fortificaciones y empezaba a gozar de las comodidades que me había proporcionado, cuando las lluvias vinieron a desalojarme, viéndome obligado a trasladarme a mi primera residencia, en la que hube de permanecer largo tiempo. Pese a que la nueva vivienda la había construido con una pieza de vela y la había asegurado muy bien, no se encontraba al pie de una roca que la defendiera contra los temporales ni tampoco tenía una caverna donde poder protegerme en caso de que las lluvias arreciaran.

Continuando con mi Diario, señalaré que el tres de agosto encontré las uvas que había colgado de las ramas, perfectamente deshidratadas y secas por la acción del sol, esto es, convertidas en pasas. Entonces procedí a descolgarlas, precaución que resultó muy necesaria, pues de no haber sido así las torrenciales lluvias que luego se desencadenaron las habrían estropeado, haciéndome perder en tal forma mis provisiones preferidas de invierno, ya que disponía de algo más de doscientos racimos.

Hube de necesitar de bastante tiempo y paciencia para descolgarlas, transportarlas a la caverna y guardarlas en ella. No bien hube terminado de hacerlo, cuando empezaron las fuertes lluvias que duraron desde el catorce de agosto hasta mediados de octubre. En un comienzo fueron muy violentas y me obligaron a permanecer encerrado en la caverna. No obstante, como empezaron a escasear mis provisiones, salí un par de veces con la escopeta, habiendo cazado un cabrito y encontrado una gran tortuga. Ordené mis comidas del siguiente modo: a la hora del desayuno tomaba un racimo de uvas, para el almuerzo un pedazo de cabrito o de tortuga asado, pues desgraciadamente no tenía ninguna vasija para guisar, conformándome con dos o tres huevos de tortuga a la hora de la cena.

A fin de distraerme, haciendo al mismo tiempo algo útil en aquella especie de prisión en que la lluvia me tenía sumido, destinaba aproximadamente tres horas diarias en agrandar la caverna, minando hacia uno de los costados de la roca. En esta forma logré perforarla de lado a lado, teniendo así una salida libre detrás de mis fortificaciones. Esto no dejó luego de preocuparme, pues ya no me encontraba resguardado como antes, sino que quedaba expuesto a la agresión de cualquiera que quisiera hacerlo. Sin embargo, debo declarar que tal suposición era muy difícil de justificar, pues hasta entonces la bestia más peligrosa que había encontrado en la isla era un enorme macho cabrío.

El treinta de septiembre sumé las estrías marcadas en el poste y pude ver que llevaba trescientos sesenta y cinco días en tierra. En tal forma celebraba el primer aniversario de mi fatal desembarco, resolviendo por ello hacer de él un día de ayuno y dedicarlo a los ejercicios espirituales. Prosternado en tierra alabé a Dios, pidiéndole misericordia con la mayor humildad. Durante doce horas no probé bocado y recién a la caída de la noche me serví algo de galletas y un racimo de uvas. Luego me acosté, llevando en mi pecho la misma devoción que había tenido durante todo el día.

Como ya llevaba un año viviendo en la isla, conocía el curso de las estaciones y no me dejaba sorprender por las temporadas lluviosas ni por las épocas secas. Sin embargo, para lograr tales experiencias tuve que sufrir varios fracasos, uno de los cuales explicaré ahora.

Como ya dije antes, conservaba en mi poder un poco de trigo y de arroz que había crecido junto a mi vivienda de manera casual. El trigo sería unas veinte espigas y el arroz unas treinta en total, pareciéndome que la época era propicia para la siembra por haber cesado las lluvias mientras que el sol empezaba a calentar.

A tal fin preparé una parcela, valiéndome de una pala de madera, hecho lo cual la dividí en dos secciones y procedí a sembrar la semilla. Entretanto pensé que sería más prudente no arriesgar la totalidad de la simiente en vista de que no sabía cuál era la estación más favorable para la siembra, motivo por el que sólo expuse unas dos terceras partes del grano, guardando como reserva un puñado de cada especie.

Más tarde hube de felicitarme por haber adoptado tan sabias precauciones, pues de todo cuanto sembré no germinó un solo grano, debido a que los meses que sobrevinieron correspondían a la estación seca, y por lo tanto la tierra no recibió la menor humedad. Sólo cuando volvieron las lluvias germinaron algunas semillas y empezaron a brotar raquíticos tallos que se fueron extenuando.

En vista del fracaso, y atribuyéndolo únicamente a la sequía, procedí a buscar un nuevo campo para realizar un segundo ensayo. Con tal objeto preparé otra parcela próxima a mi residencia de verano, sembrando en ella casi la totalidad de los granos, pero dejando una pequeña cantidad por si aquélla corría la misma suerte que la primera. Los meses de marzo y abril, con sus frecuentes lluvias, humedecieron el terreno y obtuve así una hermosa cosecha. No obstante ello, resultó escasa por haber sembrado muy poco, pues sólo recogí dos picotines, uno de trigo y otro de arroz.

Con tales experimentos me volví bastante diestro en la agricultura, sabiendo aprovechar el momento oportuno para la siembra, que descubrí podía ser realizada dos veces al año, con sus consiguientes cosechas. Entretanto crecía el trigo, hice una observación que luego supe aprovechar muy bien. Una vez que las lluvias pasaron y empezó el tiempo a mejorar, fui a dar un paseo por mi residencia de verano, encontrando que después de algunos meses de ausencia el seto doble que había construido se encontraba en muy buen estado. Pero no sólo eso: las estacas que había cortado de las ramas de algunos árboles de la vecindad habían crecido y producido a su vez otras nuevas, tal como acontece con los sauces después de podados totalmente. No sabía yo qué clase de árboles eran aquellos que me habían proporcionado las estacas. Lo cierto es que mi cercado, a pesar de tener unos cuarenta metros dé diámetro, al cabo de tres años ofrecía un aspecto magnífico, pues el seto lo cubrió completamente, formando una muralla tan espesa que se podía habitar bajo ella durante toda la época seca.

Esto me indujo a construir un seto semejante, en forma de semicírculo, para encerrar la muralla de mi primera morada. Para tal fin corté un número suficiente de estacas de la misma especie, plantándolas en doble fila a una distancia aproximada de quince metros de la antigua empalizada. Crecieron de prisa para luego convertirse en árboles, sirviendo en un comienzo de techo a mi vivienda y más tarde de muralla de defensa, como relataré en su oportunidad.

Entonces me di cuenta de que se podían dividir las estaciones, no en verano e invierno como se acostumbra en Europa, sino en temporadas lluviosas y secas que se alternaban dos veces al año.

Ya he explicado cómo había comprobado a mis expensas lo malsanas que me resultaban las estaciones húmedas, por cuya razón tomaba siempre la precaución de abastecerme de las provisiones necesarias a fin de no verme obligado a salir de casa durante los días lluviosos. Pero no vaya a pensarse que durante ese tiempo permanecía inactivo en la caverna. Por el contrario, como aún me faltaba una infinidad de cosas indispensables para mi mayor comodidad, trabajaba permanentemente a fin de construírmelas en la mejor forma. Así resolví fabricarme una canasta que me era indispensable para muchas labores, pero varias veces fracasé por cuanto las varillas que elegía se quebraban con gran facilidad. Yo conocía muy bien la manera de fabricarlas, pues de niño visitaba frecuentemente el negocio de un cestero que vivía cerca de mi casa, al que al cabo de algún tiempo le serví de ayudante. En esta forma, lo único que me faltaba era encontrar el material adecuado, y estaba pensando en ello cuando se me ocurrió que bien podrían servirme para tal fin las ramitas del árbol del que cortaba las estacas, pues eran casi tan flexibles como la misma mimbrera inglesa.

Resuelto a hacer la prueba, al día siguiente me encaminé hacia mi residencia campestre, provisto de un hacha, con la que fácilmente corté una gran cantidad de ramas, pues el árbol que las producía era muy común en la región. Una vez que las hube secado tendiéndolas en la muralla, las transporté ya listas a la caverna para esperar la estación lluviosa. Llegada ésta, me entretuve largamente construyendo una gran variedad de cestas apropiadas para los más diversos usos.

A partir de entonces, nunca me faltaron tales útiles, los mismos que iba renovando a medida que se estropeaban. Me dediqué sobre todo a fabricar algunas muy fuertes y profundas para guardar en ellas el trigo y el arroz, en vez de depositarlos en sacos, cuando la cosecha fuera abundante.

Después de vencida dicha dificultad, me empeñé en aguzar mi imaginación para ver si lograba subsanar la imperiosa necesidad que tenía de dos útiles. En primer lugar carecía de vasijas y envases de toda clase, ya que sólo poseía dos barrilitos en los que aún quedaba bastante ron, y algunas botellas de diversos tamaños que contenían aguardiente y otras bebidas espirituosas. Para cocer mis alimentos no disponía ni siquiera de un cacharro, pues la olla que había salvado del barco no se prestaba para preparar sopa ni para cocer un trozo de carne debido a su gran tamaño. El segundo objeto que ambicionaba tener era una pipa para fumar, aunque esto me pareció aun más difícil de lograr. Sin embargo, después encontré un buen medio para subsanarlo.

Hallábame ocupado unas veces en los trabajos de cestería y otras en levantar la segunda fila de estacas, cuando el verano anunció que llegaba a su fin. Entretanto otro asunto vino a distraer parte del precioso tiempo de que disponía.

Capítulo VII

La inagotable inventiva

Ya he expresado que tenía grandes deseos de recorrer la isla y he relatado cómo me interné hasta el nacimiento del arroyo para de allí llegar al paraje donde levanté mi segunda morada. Como desde allí se distinguían claramente el otro extremo de la isla y la costa del mar, quise llegar hasta dicho lugar, para lo cual tomé la escopeta con una buena dotación de pólvora y municiones, un hacha y dos o tres racimos de pasas que deposité en el morral, haciéndome además acompañar por el perro.

Después de recorrer todo el valle a que ya me he referido, divisé el mar hacia el oeste y, como el tiempo estaba despejado, vi claramente la tierra. No podía asegurar si era un continente o si sólo se trataba de una isla, pero sí que la tierra era bastante elevada y se extendía del oeste al sudoeste a una distancia aproxirnada de unas quince millas.

Lo único que podía saber en cuanto a la situación de aquel lugar era que se encontraba en América, y, de acuerdo a mis cálculos, cerca de las colonias españolas. De otro lado, era muy probable que se encontrara poblado de salvajes, los que, si me hubiera aproximado, sin duda alguna que me habrían hecho padecer una suerte aún peor que la que estaba corriendo en la isla, motivo por el que resolví acatar los designios de la Providencia.

Además, reflexionando en el asunto, me decía que si aquella costa formaba parte de las posesiones españolas, necesariamente llegaría a descubrir algún barco de los que las transitan, y, en caso de no descubrirlo, querría decir que la costa era la que separa el Brasil de Nueva Granada, la misma que con toda seguridad estaría habitada por caníbales.

Aquella parte de la isla era más bella que todo el resto de la misma: los valles eran verdes; los bosques, altos y espesos, y las praderas, hermosas y llenas de flores. Había gran número de loros, lo que me hizo pensar en apoderarme de alguno para domesticarlo y enseñarle a hablar. No sin grandes esfuerzos logré por fin derribar uno de un palo, al que luego lo llevé a casa. Tardé bastante en enseñarle a hablar, pero pronto lo hizo muy bien, llamándome por mi nombre de una manera enteramente familiar.

El viaje resultó muy placentero, pues encontré hacia la parte baja muchos animales, tomando a unos por liebres y a otros por zorros, siendo de todos modos muy diferentes a cuantos antes había visto en la isla. Cacé algunos, pero no intenté siquiera probarlos. Hacerlo hubiera sido una gran imprudencia, mucho más disponiendo de abundantes alimentos y de muy buena calidad. Entre éstos tenía cabras, tortugas y palomas. Si añado las uvas, se reconocerá que bien podía desafiar a todos los mercados de Londres a que provean una mesa tan ricamente como lo estaba la mía, sobre todo en relación al número de convidados.

Cuando hube llegado a la costa, aumentó mi admiración por dicha región de la isla, confirmando mi opinión de haberme tocado la peor parte. La playa estaba llena de tortugas, mientras que la costa que yo habitaba sólo me había proporcionado tres de ellas en el transcurso de un año y medio. Abundaban las aves de las más variadas especies, algunas de las cuales me eran conocidas y en su mayoría buenas para comer.

Fácil me hubiera sido matar todas las que deseara, pero como no quería malgastar la pólvora ni las municiones, preferí cazar una cabra, siempre que se me pusiera a tiro, por tener carne abundante. Pese a que había muchas en aquella parte de la costa, resultaba muy difícil aproximarse a ellas, ya que siendo el terreno llano podían verme mejor que cuando yo me trepaba en las rocas, según había comprobado.

Pero, por atractivos que me parecieran aquellos parajes, yo no sentía el menor deseo de trasladarme a ellos, pues estaba tan acostumbrado a mi antigua vivienda y me sentía tan seguro en ella, que mis descubrimientos no dejaban de darme la impresión de lejanía y de encontrarme en país extranjero.

Finalmente emprendí el regreso, pero tomando un camino distinto del que había seguido a la ida, esperando así poder contemplar toda la isla y creyendo encontrar sin mayores dificultades mi antigua morada. Pero me equivoqué en tales propósitos, pues así que me hube internado dos o tres millas en la región, me encontré con un valle rodeado de colinas tan pobladas de árboles, que no tenía modo para adivinar mi camino, a no ser por la posición del sol.

Durante tres o cuatro días hizo un tiempo nubloso, lo que me impidió ver el sol, motivo por el cual me vi obligado a volver a la orilla del mar y emprender el camino de regreso que ya había recorrido. En esa forma volví a la caverna, soportando un calor excesivo, así como el peso de la escopeta, el hacha y el saco de provisiones, lo que no me permitió hacer jornadas largas.

Durante el regreso mi perro se apoderó de un cabrito, dándome el tiempo suficiente para librar al animal de los voraces dientes del can y conservarlo vivo. Como ya antes dije que era mi deseo poder formar un rebaño de cabras a fin de asegurar mi subsistencia por si algún día se me agotaban las municiones, resolví intentar llevármelo a casa. Para este fin confeccioné una especie de collar y, amarrándole una cuerda, logré que el animalito me siguiera hasta la cabaña de verano. Allí lo encerré tras la empalizada para proseguir el viaje de regreso, pues tenía prisa en llegar a mi domicilio después de una ausencia de un mes.

La satisfacción que tuve a la vista de mi antigua morada fue muy grande, y sólo entonces pude descansar de las fatigas de tan prolongada excursión. Tendido en la hamaca me imaginaba ser amo en un dominio en el que nada faltaba. Todo cuanto había en mi contorno me encantaba, resolviendo no volver a alejarme por tan largo tiempo, mientras el destino me retuviera en la isla.

Durante una semana permanecí sin apenas salir de mi morada, saboreando las delicias del reposo y mientras me reponía de tan largo viaje. Entretanto me preocupaban seriamente dos cosas: la necesidad urgente de construir una jaula para el loro, y la de ir por el cabrito que había quedado encerrado en mi segunda residencia. Me encaminé hacia allí y, una vez que le hube dado de comer, lo amarré con una cuerda para traérmelo fácilmente. El hambre lo había dominado y amansado al extremo de que me seguía como un perro. Después, a fuerza de cuidados y de acariciarlo todos los días y darle de comer, se volvió tan dócil como el mejor de los animales domésticos.

El treinta de septiembre, con las primeras lluvias de otoño, cumplí el segundo aniversario de mi destierro, teniendo tan pocas esperanzas de salir de él como el día en que desembarqué. Fue celebrado este segundo aniversario con la misma solemnidad y devoción que el año anterior, habiéndome pasado el día dando gracias a Dios por los beneficios que me brindaba a manos llenas. Ayuné y oré con la mayor devoción y humildad.

Aunque no deseo fatigar al lector con una relación minuciosa de mis actividades durante este otro año, como la hecha sobre los dos anteriores, deseo señalar que muy rara vez permanecía inactivo, pues el tiempo lo tenía distribuido en tantas partes como funciones debía realizar. Así, en primer lugar, me ocupaba regularmente del servicio de Dios y de la lectura y meditación de las Sagradas Escrituras; en segundo lugar, las excursiones que hacía para procurarme alimentos con la caza, las que no duraban menos de tres horas cuando hacía buen tiempo; y, en tercer lugar, las ocupaciones para preparar y cocinar lo que había cazado o para conservarlo entre mis provisiones.

En esta forma me quedaba muy poco tiempo disponible para dedicarlo al trabajo, a lo que hay que añadir lo penoso y difícil que me resultaba por la carencia de herramientas especiales. Citaré como prueba de ello los cuarenta y dos días que me demoré en construir una tabla que precisaba para determinado uso, cuando disponiendo de un serrucho la hubiera logrado en un solo día.

Indicaré cómo me las arreglaba en tales casos. Primero iba al bosque a fin de elegir un árbol corpulento, pues la tabla había de ser ancha. Luego demoraba tres días en derribar el árbol por la base y dos más para quitarle las ramas, procediendo luego a rebanarlo hasta que sólo tuviera tres pulgadas de espesor. En esta forma demoraba una enormidad y, además de significar un ejercicio demasiado rudo para mi cuerpo, no obtenía sino una sola tabla de cada árbol. He dado este ejemplo con el único fin de que se comprenda por qué motivo me atrasaba a veces tanto tiempo en cosas tan pequeñas, y el esfuerzo que me costó rodearme de las relativas comodidades de que pude disfrutar.

Llegado el mes de noviembre, esperaba ansioso la cosecha del trigo y el arroz que había sembrado. Aunque el terreno que había preparado era pequeño, pues, como se recordará, la semilla de que dispuse para la segunda siembra sólo alcanzaba a medio picotín de cada especie, aguardaba una buena cosecha porque la estación había sido bastante húmeda. Pero de pronto descubrí que corría el peligro de perderlo todo, pues enemigos de varias clases trataban de arrebatarme mi sembradío. Los primeros fueron las cabras y después aquellos animales semejantes a liebres, los que atraídos por el sabor del trigo en hierba lo trozaban hasta muy cerca de la raíz, impidiendo así que creciera.

Para librarme de los intrusos no encontré otra solución que rodear las plantaciones de un seto, trabajo en el que me demoré lo menos que pude, puesto que era urgente terminarlo. Felizmente, la tierra labrada era de poca extensión, y, por consiguiente, después de algunos esfuerzos, vi terminado el cercado. A más de ello, me dediqué a dar caza a los merodeadores, habiendo matado a algunos de ellos. Por las noches dejaba amarrado el perro a la entrada del cercado, desde donde ladraba a los animales que se aproximaban. En esta forma los peligrosos enemigos se vieron obligados a retirarse, y el trigo no tardó en crecer y echar espigas.

Pero cuando éstas empezaron a madurar aparecieron otros enemigos no menos temibles que los primeros y que amenazaron con la ruina total del cultivo. Un día que me aproximé al seto para ver cómo seguía el trigo, vi el paraje rodeado de una multitud de pájaros de las más diversas clases que parecían esperar que yo me retirara para merodear tranquilamente. Les hice una descarga con la escopeta, levantándose de pronto una densa nube de pájaros desconocidos para mí y que se encontraban escondidos entre el trigo.

El espectáculo me fue sumamente triste, pues significaba nada menos que la pérdida total de mi cosecha, y, lo que es peor, que no hallaba la manera de evitar la pérdida prevista. Pese a ello, resolví no escatimar esfuerzos para salvar lo que aún se pudiera, estando dispuesto a permanecer de centinela noche y día si ello era preciso.

Lo primero que hice fue aproximarme para observar los daños. Si bien los pájaros habían causado destrozos de consideración, éstos no eran tan serios como yo temía. Las espigas inmaduras habían refrenado su voracidad, y si lograba salvar lo que quedaba en buen estado, me aseguraba una cosecha abundante y buena.

Después de cargar nuevamente la escopeta, me retiré un poco, pudiendo divisar a los ladrones escondidos en el follaje de los árboles, como si sólo esperaran mi partida para irrumpir de nuevo en el trigal. Mis sospechas se vieron confirmadas al momento, pues una vez que empecé a alejarme y tan luego hube desaparecido, bajaron uno tras otro al sembradío.

La indignación no me permitió esperar que se reunieran en mayor número, y aproximándome todo lo que pude al cercado, hice un segundo disparo con bastante suerte, pues quedaron muertos tres de dichos pájaros. Procedí con ellos tal como lo hacen en Inglaterra con los grandes ladrones, condenándolos a permanecer en el patíbulo después de la ejecución para infundir miedo a los demás. El efecto obtenido por dicho sistema no pudo ser más eficaz, pues no sólo no volvieron al trigal, sino que abandonaron totalmente dicho sector de la isla. Hacia fines de diciembre todos los granos estaban maduros y procedí entonces a hacer la recolección.

Todavía antes de empezar dicha tarea me vi en la necesidad de construirme una hoz, pues era indispensable para segar el trigo. Con gran maña pude arreglármelas, sirviéndome de los sables y cuchillos que había sacado del barco.

Una vez terminada la recolección, calculé que el medio picotín de trigo me había producido aproximadamente dos celemines y medio. Esto me animó mucho, pues era una prueba clara de que la Divina Providencia no permitiría que me faltara jamás pan. Sin embargo, las dificultades no terminaron ahí, pues no tenía en qué moler ni cómo cocer dicho pan, una vez que consiguiera amasarlo. Como a esto se agregaba el deseo que tenía de reunir una buena y segura provisión de granos, para así asegurarme tan indispensable alimento en el futuro, resolví no mermar aquella cosecha y destinarla íntegra a la siembra en la estación próxima.

Algo sorprendente, y creo que en ello muchas personas no reflexionan, son los preparativos que se requieren, los esfuerzos múltiples y las distintas formas de trabajo que se necesita desplegar para producir lo que se llama un pedazo de pan o un mendrugo.

Como se recordará, yo no disponía de arado alguno para abrir la tierra ni azada para cavarla, pero subsané esto fabricándome una pala de madera, la que me resultaba difícil manejar, además de que en el trabajo se notaba su imperfección.

Soporté, sin embargo, las dificultades que ello importaba y el escaso éxito obtenido, para muy luego confrontar un segundo inconveniente. Una vez sembrado el trigo, necesité un rastrillo, pero como tampoco lo tenía, me vi obligado a arrastrar por sobre el terreno una enorme rama, con la cual, más que rastrillar, arañaba la tierra.

Cuando las espigas maduraron, hube también de necesitar muchas cosas para segarlas, aventarlas, ahecharlas y guardarlas a fin de defenderlas de los animales. Después me hicieron falta un molino para moler los granos, un cedazo para cerner la harina, levadura para hacerla fermentar, un horno para cocer el pan.

El trabajo que me esperaba era intenso, pero yo no desesperaba por ello, pues, en la forma en que había dividido el tiempo, disponía de una parte del día para esa clase de actividades. Además, como había resuelto no destinar ninguna porción de trigo para elaborar pan, hasta que tuviera una mayor provisión de aquél, me quedaban seis meses para procurarme todos los útiles y artefactos apropiados para sacar el mejor provecho posible de los granos de que disponía.

Como contaba con semilla suficiente para sembrar más de media fanega, me dediqué a preparar una extensión mayor de tierra, eligiendo las mejores y más próximas a mi casa que pude encontrar. Pero como no podía iniciar dicho trabajo sin disponer de un azadón, empecé, pues, por construirlo, habiendo tardado más de una semana hasta verlo terminado.

Pese a que la herramienta resultó bastante tosca, me valí sólo de ella para sembrar las dos parcelas, las que luego rodeé de un buen seto. Éste lo construí con ramas de la misma especie que las que rodeaban mis dos residencias, pues sabía que pronto crecerían para antes de un año formar un seto vivo. Dicha obra me llevó tres meses ocupado, pues como parte de aquel tiempo correspondía a la estación lluviosa, tuve que quedarme encerrado durante varios días.

Mientras duró mi confinamiento en la caverna, me dediqué a realizar provechosos trabajos que luego detallaré; pero, al mismo tiempo, no dejaba de entretenerme hablándole al loro, hasta que a su vez aprendió a hacerlo, pronunciando su nombre y su apodo, que eran "Lorito monín", primeras palabras que escuché en la isla por otra voz que no fuese la mía.

Hacía mucho tiempo que deseaba fabricarme algunas vasijas de barro, pues las precisaba mucho, además de que conocía el modo de hacerlas. Y como el calor del sol en aquella región era muy intenso, pensaba que era suficiente descubrir la arcilla apropiada para modelar un cacharro, que luego secado bajo la acción del calor resultara lo bastante consistente como para poder guardar en él determinados productos secos.

Por tal motivo, y ante la perspectiva de tener una abundante provisión de trigo, harina y arroz, que era preciso conservar en debida forma, resolví modelar algunas vasijas, lo más grandes que fuera posible, para que en ellas pudieran caber dichos productos.

El lector seguramente se burlaría de mí si le relatara las muchas y extravagantes maneras de que me valí en mis primeros ensayos de alfarería. Algunas vasijas se cayeron a pedazos porque la arcilla no era lo bastante compacta como para sostener su propio peso; otras se agrietaron por haberlas expuesto demasiado a la violenta acción del sol; y, por último, algunas se rompieron al querer trasladarlas de lugar antes de que estuvieran lo bastante secas.

En esta forma, y después de haberme dado tanto trabajo en preparar la arcilla y modelar los cacharros, sólo conseguí dos vasijas muy toscas y feas, a las que no me atrevería a llamar jarras, y que me costaron cerca de dos meses de empeño.

De todos modos, como dichas vasijas se cocieron muy bien, quedando bastante duras y firmes, las levanté con gran cuidado y las coloqué dentro de dos cestos que para el efecto había construido con ramitas a fin de que no se rompieran. El espacio hueco que quedó entre la vasija y el cesto lo rellené con paja de arroz, asegurándome así que siempre permanecerían secas y que en ellas podría guardar primero el trigo y el arroz y más tarde tal vez la misma harina.

Si bien la fabricación de vasijas grandes no me había dado buen resultado, éste lo conseguí en la de cacharros pequeños, llegando a fabricar una gran variedad de tachos, pucheros, cántaros y fuentes. Pese a que el sol les daba una gran dureza, no conseguía que ninguno de éstos se prestara para el fin que yo me había propuesto, cual era el de conseguir una olla de barro en la que pudiera cocer mis alimentos. Después de algún tiempo, y como yo disponía de un magnífico fuego en el que preparaba mis viandas, encontré en el hogar un pedazo de uno de los cacharros de barro, perfectamente cocido y de un color muy encarnado. Esto me sorprendió y agradó sobremanera, pues inmediatamente pensé en que así como se había cocido dicho pedazo de cacharro, bien se podría cocer estando entero.

Desde ese momento empecé a meditar sobre la manera de arreglármelas para disponer del fuego en que pudiera cocer las ollas, ya que no conocía la clase de hornos que emplean los alfareros para tal fin. De todos modos, coloqué tres grandes cántaros, en los cuales puse tres cacharros, formando una pila, con un montón de cenizas por debajo. Alrededor prendí fuego de leña seca, cuyas llamas envolvieron las vasijas por todas partes, poniéndose al poco tiempo muy rojas y sin ninguna grieta.

Las dejé a dicha temperatura unas cinco o seis horas para luego ir disminuyendo la hoguera hasta que los cacharros empezaron a perder su color rojizo, cuidándome de permanecer a su lado toda la noche para vigilar que el fuego no se apagase bruscamente. Al amanecer me encontré con tres buenos cántaros e igual número de cacharros, perfectamente cocidos, y uno de los cuales estaba barnizado por la fundición de la grava que le había mezclado a la arcilla.

De más está decir que después de dicha prueba nunca me faltaron vasijas de barro. La alegría que sentí al verme dueño de cacharros que resistirían la acción del fuego fue inmensa, y apenas tuve paciencia para esperar a que éstos se enfriaran antes de usarlos. En uno de ellos puse un trozo de cabrito que me produjo una sopa excelente, pese a que me faltaban muchos ingredientes para que saliera todo lo buena que yo hubiera deseado.

Después de los cacharros, la cosa que mayormente deseaba tener era una piedra adecuada para moler el trigo, pues siendo el molino una máquina demasiado complicada, ni siquiera intenté construirla. Durante largos días anduve buscando una piedra lo bastante grande y de diámetro suficiente como para poder ahuecarla y convertirla en mortero.

No pude sí conseguirla en toda la isla, pues las piedras que encontraba eran poco compactas y no hubieran podido resistir los golpes dados con una mano de mortero pesada, sin que el trigo se mezclara con la grava. En esta forma, y después de perder mucho tiempo en buscar una piedra adecuada, desistí de ello, resolviendo más bien construirme un mortero de madera. Para esto elegí un tronco grueso de madera muy resistente, lo redondeé con el hacha y luego lo ahuequé aplicándole fuego, siguiendo el sistema que emplean los salvajes en la fabricación de sus piraguas. Después labré una pesada mano de mortero de una madera muy dura que llaman palo de hierro.

Vencida dicha dificultad, luego se me presentó la de fabricar un cedazo para cerner la harina, sin lo cual era imposible llegar a obtener pan. La cosa era difícil porque me faltaba un buen cañamazo o alguna otra tela poco tupida por la que pudiera pasar la harina. Después de mucho pensar, recordé que entre las ropas de los marineros había algunas corbatas de algodón, las que aproveché para construir tres pequeños cedazos, bastante aptos para el uso a que los había destinado.

Llegó finalmente la tarea concreta de la elaboración del pan, relativa a preparar la masa y luego a cocerla en un horno. Desde luego que desistí de procurarme levadura o algo semejante, pues no tenía la menor idea de cómo prepararla.

Con respecto al horno, después de mucho pensar, ideé un invento que consistía en lo siguiente: hice algunos recipientes de barro de más o menos dos pies de diámetro por unas nueve pulgadas de profundidad, los que cocí perfectamente. Una vez que los tuve listos, hice fuego en mi horno, el que estaba revestido con ladrillos, esperando que la leña se convirtiera en carbón y calentara perfectamente a aquél. Luego retiraba los carbones y cenizas con gran cuidado, limpiando el horno y colocando en él la masa, para después cubrirla con dichos recipientes a cuyo alrededor acumulaba los carbones y cenizas para concentrar así todo el calor. En esta forma cocía los panes como en el mejor horno, elaborando también bollos de arroz y pastelillos que cocía de igual manera.

Como la cantidad de los granos aumentaba, tuve necesidad de agrandar la troje para almacenarlos, pues la semilla me había producido tanto en la última cosecha, que ascendió a veinte celemines de trigo y casi otro tanto de arroz. En esta forma pude comer pan a discreción y sin temor de que el trigo se me agotara.

Calculando mi consumo anual, aprecié éste en cuarenta celemines de trigo, y así resolví sembrar cada año la misma cantidad, a fin de que no me faltara y tampoco tuviera excedentes.

Capítulo VIII

Reflexiones sobre el uso y el goce

Mientras me dedicaba a mis ocupaciones agrícolas no se apartaba de mi imaginación el descubrimiento que había realizado de las tierras situadas al frente de la isla. Y siempre que lo hacía no podía dejar de experimentar un secreto deseo de ir hacia ellas, pues me había convencido de que el país donde me hallaba se encontraba deshabitado, mientras que aquellas tierras pertenecían al continente y que, una vez en él, podría seguir avanzando hasta conseguir mi liberación.

Mientras razonaba de aquel modo, no tomaba en consideración los peligros de una empresa tan arriesgada, sobre todo si tenía la desgracia de caer en manos de los salvajes, sin duda alguna tan feroces y crueles como los leopardos y leones del África. Sabía, en efecto, que los caribes eran antropófagos, y a juzgar por la latitud en que me encontraba no debía estar lejos de esa región.

En dicha ocasión eché de menos a mi buen Xuri y el gran barco en que habíamos navegado tantas millas a lo largo de las costas de africanas. Pero, como con lamentarme no adelantaba nada en los proyectos que acariciaba, resolví en primer término visitar la chalupa de nuestro buque, la que después del naufragio, como ya he dicho, se había aproximado bastante a la playa.

La encontré poco más o menos en el mismo lugar donde la vi la vez primera, arrimada a un promontorio de arena, al que la habían arrastrado la fuerza de las aguas y los vientos, dejándola completamente en seco. Si hubiera tenido ayuda, habría podido botarla al mar y fácilmente servirme de ella para hacer la travesía hasta el Brasil; pero, sin tenerla, ponerla sobre su quilla y moverla me resultaba tan difícil como mover la misma isla.

Resuelto sí a no escatimar esfuerzos, me fui a los bosques y corté palancas y rodillos que luego llevé al lugar donde estaba la chalupa, convencido de que, si lograba desprenderla del promontorio, podría sin dificultad reparar sus averías y servirme maravillosamente de ella. Pero todo el empeño que en ello puse resultó infructuoso, y después de bregar más de tres semanas, empecé a cavar debajo de la chalupa para volcarla. Pese a ello, me fue imposible ponerla derecha ni tampoco poder deslizarme debajo de su quilla, motivo por el que tuve que desistir del proyecto. No obstante, y aunque el fracaso me había desmoralizado y agotado físicamente, seguía mi imaginación trazando planes para aventurarme en el mar y llegar hasta el continente.

Entonces comencé a pensar en la posibilidad de construirme con un tronco de árbol una piragua, semejante a las que usan los salvajes en aquellas regiones, idea que me pareció fácil de ejecutar. El entusiasmo me hizo pasar por alto los inconvenientes que se presentaban, como ser la falta de ayuda para arrastrarla hasta el mar una vez terminada. Obsesionado por el proyecto, cometí la insensatez de empezar a construirla sin haber solucionado previamente tales dificultades, terminando siempre mis dudas con esta extravagante respuesta: "Vamos —me decía—, construyámosla, que siempre encontraré un medio para botarla al agua cuando esté terminada".

Aunque dicha lógica era completamente contraria al buen sentido, venció mi obstinación y me puse a trabajar. Comencé cortando un enorme cedro, que dudo que el Líbano suministrara otro igual a Salomón cuando construyó el templo de Jerusalén. El árbol tenía en su base un diámetro de cinco pies y diez pulgadas, midiendo unos veintidós pies de largo.

Tardé más de veinte días en derribarlo con el hacha y quince en quitarle las ramas de la misma manera, para después dedicarme a darle forma y a cepillarlo durante un mes. Luego vino la tarea de ahuecarlo por dentro, en la que demoré cerca de tres meses, pues en vez del fuego me serví sólo de un martillo y un formón. El resultado de mi trabajo me llenó de satisfacción, pues me vi en posesión de una hermosa canoa en la cual podían caber perfectamente veintiséis hombres y, por lo tanto, más que suficiente para contenerme con todo mi equipaje.

La alegría que sentí fue, pues, inmensa, siendo en verdad la canoa más grande y hermosa que jamás vi construida de una sola pieza. Pero ya podéis imaginar el trabajo que me costó verla terminada y la cantidad y violencia de los golpes que tuve que dar...

Tan sólo me restaba botarla al mar y, de haberlo conseguido, seguramente que me habría embarcado en el viaje más temerario, casi sin probabilidad alguna de alcanzar la meta.

Todos los intentos que realicé para lanzar la canoa al mar fracasaron, pese a que no se encontraba a más de doscientas toesas del agua. El primer obstáculo que se me presentó fue un promontorio que se alzaba entre el lugar donde estaba la canoa y la bahía. Pero, resuelto a vencer todos los obstáculos empuñé la pala y después de trabajar con el mayor vigor conseguí allanar completamente el terreno. Esto, sin embargo, no me sirvió de nada, pues luego vi que me resultaba tan imposible mover la canoa como antes la chalupa encallada.

Resolví entonces valerme de otros medios, proyectando construir un canal para que el mar llegase hasta la canoa, ya que no podía llevar yo ésta hasta aquél. Emprendí dicha obra sin pérdida de tiempo, pero calculando la profundidad y anchura del canal, como también el sistema de trabajo de que me valdría, comprendí que no lo podría concluir antes de diez o doce años de intensos esfuerzos. Esto me hizo desistir también de dicho proyecto, aunque lamentando mucho no haber podido ejecutarlo.

En esta forma tuve que reconocer con la mayor contrariedad el fracaso que había sufrido, haciéndome comprender al mismo tiempo lo insensato que es empezar una obra sin calcular previamente si los obstáculos podrán ser superados.

Entretanto vi llegar el fin del cuarto año de mi permanencia en la isla celebrando el aniversario con el mismo fervor que lo había hecho los años anteriores. Pensaba que tenía a mi haber el verme libre de los peligrosos vicios del siglo, gracias a la barrera infranqueable que me lo aseguraba.

Poseyendo todas las cosas que podía necesitar, nada codiciaba mi espíritu. Era el señor indiscutido de la isla, al extremo de poder darme el título de emperador o rey de dichos dominios, en caso de que así se me antojare. Nadie me discutía el mando, puesto que no tenía rival o competidor. Si me hubiera servido de algo, habría construido enormes silos para el trigo; pero sólo dejaba crecer lo que consumía.

Podía tener todas las tortugas que quisiera, pero me bastaba con tomar alguna de vez en cuando para proveer abundantemente a mis necesidades. Disponía de la madera suficiente para construir una flota completa y después cargarla con vinos y pasas de mis vendimias; pero ¿de qué me hubiera servido el exceso? Si hubiese cazado más de lo que podía consumir, habría tenido que abandonar el resto a los gusanos. Si hubiese sembrado mayor cantidad de trigo que el indispensable para mi alimentación, se habría estropeado. Si hubiera talado un mayor número de árboles que los necesarios para hacer leña, se habrían podrido...

En fin, y dicho brevemente, la naturaleza de las cosas y la misma experiencia me convencieron, después de hondas reflexiones, de que en este mundo las cosas sólo pueden ser consideradas buenas con arreglo al uso que de ellas hagamos, y que no gozamos de las mismas sino en la medida en que las empleamos.

Ya me he referido a una suma, en oro y plata, que se elevaba aproximadamente a treinta y seis libras esterlinas. Pero, por desgracia, ¡cuán inútil era para mí esa fortuna y qué poco me llamaba la atención! Hasta la arena de la playa encontraba que tenía más valor.

Algunas veces pensaba que daría gustoso ese dinero por una pipa para fumar, por tabaco o por un pequeño molino. Pero aun eso es mucho: lo habría dado por algunas semillas de zanahoria, que en Inglaterra valen tres peniques, o a cambio de un puñado de guisantes o de habas o una botella de tinta.

Porque en las circunstancias en que me encontraba, las monedas sólo servían para permanecer encerradas en un cajón. Y por más que el cajón hubiera estado repleto de diamantes, habría sido igual cosa, y no tendría para mí el menor valor por no poder prestarme servicio alguno.

Hacia aquella época llevaba una vida más feliz que en un comienzo, y algunas veces, cuando me sentaba a comer, agradecía humildemente a la Providencia por haberme concedido una mesa en aquella soledad. Aprendí a atender más al lado bueno que al malo de mi situación, y a considerar aquello de que yo gozaba más que aquello de que carecía. Esto lo he querido dejar bien señalado aquí, para que se grabe en la memoria de cierta gente que, descontenta siempre, carece de la sensibilidad para gozar de los bienes de que Dios la ha colrnado, porque sólo ambiciona aquellos que no le han sido concedidos. Y de la falta de agradecimiento por lo que poseemos emanan todas las penas por lo que no tenemos.

Frecuentemente se me ocurría también otra reflexión, relativa a comparar mi situación presente con la que yo había esperado al principio, y cuyas consecuencias habría sufrido si Dios, con su Divina Providencia, no hubiera dispuesto que el buque fuese llevado tan cerca de la costa, para que yo pudiera sacar de él cuantas cosas útiles quisiera. Me pasaba días enteros representándome de la manera más viva lo que habría sido de mí si no hubiese podido sacar nada del barco.

No habría podido conseguir cosa alguna para mi alimento, salvo algunos peces y tortugas, pero como tardé bastante tiempo en descubrir estas últimas, lo más probable es que hubiera muerto antes de lograrlo. Si valiéndome de algún nuevo arte hubiera cazado una cabra, no habría tenido cómo desollarla, de modo que tal vez me hubiese visto obligado a emplear las uñas y los dientes, tal como las fieras salvajes.

Si bien es cierto que por un lado me veía privado de todo contacto con los hombres, también lo es que nada tenía que temer de ellos, ni de los tigres ni de las serpientes, ni de ningún animal feroz.

En suma, si por una parte mi vida se hallaba llena de tristezas, hay que reconocer que, por otra, encontraba manifestaciones muy claras de la misericordia divina. Cuando me venían dichos pensamientos, me consolaba enormemente de todas mis penas y preocupaciones.

Como desde hacía ya bastante tiempo que no me quedaba sino poca tinta, hube de tratar de conservarla añadiéndole agua de vez en cuando, hasta que al cabo se volvió tan débil que apenas dejaba rastro en el papel. En esta forma me vi obligado a suspender mi Diario, confiando los acontecimientos a la memoria.

Luego confronté el problema de mis vestidos, puesto que empezaban a desgarrárseme. La ropa blanca se me había acabado hacía ya mucho tiempo, y sólo tenía unas camisas de tela rayada que había encontrado en los baúles de los marineros y que cuidaba mucho pues el calor era tal que no me permitía soportar más vestido que una camisa.

Pese a la intensidad de los calores, nunca pude resolverme a andar desnudo, aunque era el único habitante de la isla. No lo quería y ni siquiera podía tolerar semejante idea. Además el calor del sol resultaba más insoportable estando desnudo que llevando encima alguna ropa liviana. En ocasiones, el calor llegó a producirme ampollas en la piel; pero cuando tenía puesta una camisa, el aire entraba por debajo, agitándola y produciendo un viento fresco. Así también jamás pude exponerme al sol sin cubrirme la cabeza, pues alguna vez que lo intenté sentí al momento fuerte dolor al cerebro, el que desapareció cuando me cubrí.

Todas estas experiencias me indujeron a emplear los harapos que tenía en la mejor forma y de acuerdo con el estado en que se hallaban. Como las chaquetas estaban estropeadas, empecé por arreglarme una especie de bata con los gabanes y algunas otras prendas de que disponía. En esta forma ejercí también el oficio de sastre, o de remendón si se prefiere, pues mi trabajo era desastroso y sólo después de muchos ensayos conseguí arreglar dos chaquetas nuevas, pantalones y calzoncillos.

Como había guardado los cueros de todos los animales muertos por mí, curtiéndolos o desecándolos bajo la acción del sol, se habían puesto tan duros que cuando quise emplearlos no me sirvieron de gran cosa. Sin embargo, de algunos de ellos empecé por hacerme una gran gorra, volviéndoles el pelo hacia fuera para protegerme mejor de la lluvia. Después me confeccioné un traje entero, es decir, chaqueta y pantalones anchos, ya que los precisaba más contra el calor que contra el frío.

Terminadas tales labores, dediqué mucho tiempo a construirme un quitasol. Había visto fabricar uno en el Brasil, en donde los usan mucho contra los calores excesivos, pero me costó bastante trabajo y tardé no poco tiempo en hacer algo que fuese capaz de preservarme de los rayos del sol y de la lluvia. Después de haber fabricado tres o cuatro paraguas, ninguno de los cuales me satisfizo, llegué por fin a construir uno que respondía a mis necesidades y lo cubrí de piel. En esta forma me protegía de la lluvia como si hubiera estado en un alero, y caminaba bajo los más ardientes calores como antes no lo había podido hacer.

Así y todo, vivía yo lo más amablemente y con el espíritu tranquilo, encontrándome resignado y agradecido con la voluntad de Dios.

Capítulo IX
Aventurero del mar, pero precavido

Una vez concluidas las obras de que he hablado, no me sucedió nada sorprendente en cinco años. Continué el tipo de vida que he descrito, y mi principal ocupación, a más de las faenas agrícolas y de las vendimias, estuvo encaminada a la construcción de una pequeña canoa. Una vez que la hube terminado, abrí un canal de cuatro pies de anchura por seis de profundidad, por el que llevé la canoa hasta la bahía. La primera que construí, como ya dije antes, nunca pude ponerla a flote debido a su gran tamaño, dejándola en el mismo lugar donde la había labrado. Su presencia debió servirme para ser más previsor en el futuro, pero, como acabo de narrar, no me desanimó dicho fracaso y aproveché la primera oportunidad que se me presentó.

Pese a que el árbol que talé para construir la segunda canoa se hallaba a media milla de la costa y era difícil llevar hasta allí el agua, no era imposible hacerlo y mantuve la esperanza de ejecutar la obra. Para ello trabajé duramente por espacio de dos años, alentado por el deseo vehemente de salir de la isla que significaba para mí un presidio.

Concluida la pequeña embarcación, vi que su tamaño no se prestaba para el fin que le asigné al empezar la obra y que era el de aventurarme al continente en un viaje de cuarenta millas. Por dicho motivo abandoné tal propósito, decidiendo en cambio dar la vuelta a la isla, que, como he dicho, ya había recorrido por tierra.

Desde ese momento sólo pensé, pues, en mi viaje, y para proceder con mayor cautela y seguridad equipé la canoa lo mejor que pude, colocándole un mástil y una vela. En los extremos de la embarcación practiqué unos boquetes para preservar de las lluvias y del agua del mar mis provisiones y municiones, abriendo también un gran agujero para guardar las armas. Todo lo cubrí lo mejor que pude para que se mantuviera bien seco, hincando luego el quitasol en la popa para que me protegiera de los rayos del sol.

En un comienzo empleé la canoa para navegar por la costa pero sin apartarme mucho de la pequeña bahía, comprobando que la vela tomaba bien el viento. Finalmente, impaciente por conocer todas las costas de mi pequeño reino, resolví contornearlo por completo, para lo que introduje los suficientes víveres en la embarcación. Llevé dos docenas de panes, que bien podrían llamarse galletas, una olla de barro con arroz seco, un cántaro lleno de agua fresca, una pequeña botella de ron, media cabra, y pólvora y municiones. Asimismo, cargué dos gruesos abrigos de los que ya he hablado, uno para dormir sobre él y el otro para cubrirme por las noches.

Emprendí dicho viaje el seis de noviembre corriendo a la sazón el sexto año de mi reinado, o de mi cautiverio, si así se lo prefiere llamar, viaje que resultó más largo de lo que tenía pensado. La isla no era muy extensa en sí misma, pero hacia el este tenía un reborde de rocas que se adentraba dos millas en el mar. Además de esto, al extremo de las rocas había un enorme banco de arena que se internaba media milla más, de modo que para doblar dicha punta tenía que penetrar bastante en el mar.

La observación de tales obstáculos casi me hizo desistir de la empresa, pues el largo camino que tendría que recorrer y el modo como podría volver sobre mis pasos no era cosa que estuviese resuelta. Llegué incluso a virar la canoa y echar el ancla, y, como aquélla estaba ya en sitio seguro, tomé la escopeta y salté a tierra. Allí trepé a un pequeño promontorio, desde donde descubrí aquella punta en toda su extensión, lo que me decidió a reanudar el viaje.

Desde aquel promontorio pude observar, entre otras cosas, una violenta corriente que se dirigía hacia el este. La estudié en forma detenida, pues me pareció peligrosa y que si entraba en ella me arrastraría a alta mar, desde donde muy difícilmente hubiera podido regresar a la isla. Y de no haber tomado yo la precaución de subir a aquel promontorio, así habría acontecido, pues al otro lado de la isla reinaba la misma corriente, aunque con la diferencia de que se separaba mucho más de ella. También pude advertir que había un gran banco de arena en la orilla, de donde deduje que fácilmente salvaría todas aquellas dificultades si lograba evitar la primera corriente, pues tenía la seguridad de poder aprovechar aquella barra.

Durante dos días permanecí en la colina, durmiendo en ella, pues el viento soplaba con gran fuerza, y como iba contra la corriente, no era prudente para mí permanecer en la orilla ni adentrarme demasiado en el mar, pues en este último caso me exponía a verme arrastrado por la corriente. Pero al tercer día amainó el viento, y habiéndose calmado el mar completamente, reanudé el viaje.

Ojalá sirva de ejemplo a los marinos temerarios e ignorantes lo que me sucedió en aquella ocasión y que a renglón seguido paso a relatar.

No bien hube llegado a la punta referida, me encontré en una mar profunda y con una corriente tan violenta como la esclusa de un molino. Aunque yo no me había apartado de la costa más que el largo de una canoa, la corriente se llevó a mi pequeña embarcación con tal fuerza que me fue imposible retenerla junto a la orilla. Me sentía impulsado lejos de la barra que tenía a la izquierda, y como reinaba una gran calma que no me hacía esperar nada de los vientos, toda la maniobra que hubiera podido hacer de nada me habría valido. Me consideré, pues, hombre muerto, ya que de sobra sabía que la isla estaba rodeada por dos corrientes, las que, sin duda, habrían de reunirse a pocas millas de distancia.

Me creía irremisiblemente perdido. Ya no me quedaba ninguna esperanza de conservar la vida, pues aunque el mar permanecía tranquilo, de seguro que moriría de hambre cuando las provisiones se me acabasen. Imaginaba que sería lanzado a alta mar por la corriente, en donde después de un viaje de tal vez más de mil millas, no encontraría ni playa, ni isla, ni continente, ni nada. ¡Nada!

"¡Qué fácil es al hombre —me decía— cambiar su situación, por desgraciada que sea, por otra más desdichada aún!" Entonces mi isla me parecía el lugar más delicioso del mundo y sólo deseaba la fortuna de volver a ella.

—¡Feliz isla —exclamé, volviendo a ella la mirada—, feliz isla, no te volveré a ver! ¡Qué desgraciado soy! No sé a dónde me lleva la corriente. He murmurado a menudo contra la soledad y he dejado esos deliciosos lugares; pero ¡qué no daría yo ahora por volver a ellos!

La desesperación que me producía el verme arrastrado de mi isla a alta mar resulta difícil de imaginar. Me encontraba entonces a dos millas de ella y ya no tenía esperanzas de verla más. Pese a ello, remé con todas mis fuerzas, dirigiendo la canoa hacia el norte, es decir, hacia el lado de la corriente donde había distinguido yo una barra.

Al mediodía creí percibir un suave viento que venia del sudeste, lo que provocó en mí cierta alegría, que aumentó de punto media hora más tarde al levantarse un viento francamente favorable. Yo me encontraba a una distancia respetable de la isla, pues apenas podía distinguirla, y de haberse descompuesto el tiempo, me habría visto perdido, pues no hubiera podido regresar sin divisarla. Felizmente el tiempo continuaba despejado y, desplegando la vela, hice rumbo al norte, tratando de escapar de la corriente.

En cuanto hube desplegado la vela, y por la claridad del agua, supuse que iba a suceder alguna variación en la corriente, pues cuando ésta se hallaba en toda su fuerza las aguas parecían sucias, empezando a ponerse claras a medida que disminuía aquélla. Media milla más hacia el este, tropecé con un rompiente provocado por las rocas, que dividía la corriente en dos: una parte corría hacia el sur, mientras que la otra se encaminaba con violencia al noroeste.

Sólo aquellos que han recibido el indulto al pie del cadalso o que por un azar se han salvado de las mismas manos de los bandidos que iban a degollarlos, pueden concebir la inmensa alegría que sentí yo entonces, y la presteza con que aproveché el viento favorable y la corriente de la barra a que me he referido.

Por espacio de una hora me impulsó favorablemente dicha corriente. Iba directa a la isla, esto es, dos leguas más hacia el norte de la que antes me había separado de ella; de suerte que cuando llegué cerca de la costa, me encontré en el norte de la isla, o sea que estaba en la parte opuesta al sitio de donde había partido.

Serían aproximadamente las cuatro de la tarde, y estaba yo a una milla de la isla, cuando descubrí las puntas de las rocas que causaban aquel trastorno. Extendíanse al sur, y como allí habían formado aquella furiosa corriente, también habían producido una barra dirigida al norte. Aprovechando el viento y orientando la embarcación convenientemente, crucé la barra y al cabo de una hora vi que el agua estaba tranquila, no tardando en llegar a la orilla.

En cuanto hube llegado, me postré de rodillas, agradeciendo a Dios por mi salvación y resolviendo no volver a arriesgarme en igual forma. Aseguré la canoa entre dos árboles, y rendido como me hallaba por el trabajo y las fatigas del viaje, pronto me venció el sueño.

Al despertar me preocupaba mucho saber cómo haría para llevar la canoa hasta la bahía próxima a mi casa. Como conocía los peligros que encerraba el mar por la parte del este, resolví costear las orillas del oeste, esperando encontrar alguna bahía donde poder dejar la canoa guardada. Después de recorrer cerca de una milla a lo largo de la costa, la encontré, pareciéndome muy buena y apropiada para tal fin, motivo por el que dejé allí la canoa.

Luego me dediqué a reconocer el lugar en que me hallaba, descubriendo que me encontraba cerca del sitio donde había estado antes al recorrer la isla. Tomando sólo la escopeta y el quitasol, porque hacía bastante calor, me puse en marcha, y aunque estaba cansado caminé muy a gusto. Al caer la noche llegué al emparrado que tiempo atrás había construido, encontrando que todo se hallaba en el mismo estado. Salté el seto y me acosté bajo la sombra, durmiéndome en el acto por encontrarme muy fatigado. Júzguese cuál no sería mi sorpresa al oír una voz que me llamaba, repitiendo varias veces mi nombre: Róbinson, Róbinson Crusoe, ¡pobre Róbinson! ¿Dónde has estado, Róbinson? ¿Dónde estás, Róbinson Crusoe? Róbinson...

Me encontraba tan rendido que no me desperté del todo y creía soñar que alguien me llamaba por mi nombre. Sin embargo, la voz siguió repitiendo las mismas palabras, hasta que desperté por completo, sobresaltado y sorprendido con semejante acontecimiento. Pero en el acto hube de tranquilizarme viendo a mi loro posado en el seto. Comprendí que sólo él podía haberme hablado, pues yo le había enseñado a llamarme por mi nombre.

Muchas veces antes se había trepado en mi hombro y, aproximando su pico a mi cara, había exclamado: ¡Pobre Róbinson Crusoe! ¿Dónde estás, dónde has estado? ¿Cómo has llegado aquí?, y otras frases semejantes que yo le había enseñado.

Como había corrido bastante por el mar y tenía deseos de descansar y de reflexionar sobre la aventura reciente, me encaminé a la caverna llevándome al loro. Mucho me hubiera gustado tener la canoa en la pequeña bahía, pero de sólo pensar en dar la vuelta a la isla por la parte del este se me oprimía el corazón. El otro lado de la isla no lo había navegado aún, pero todo me hacía suponer que la corriente de que he hablado reinaba allí lo mismo que en el este. Resolví, pues, prescindir de la canoa perdiendo así el fruto de un trabajo de muchos meses.

Durante más de un año permanecí tranquilo y dedicado únicamente a perfeccionarme en las artes manuales y otros oficios que luego me resultaron de gran provecho.

En alfarería llegué a convertirme en un verdadero maestro, gracias sobre todo a haber inventado una especie de torno con el que daba a los cacharros una forma que antes no podía conseguir. Asimismo encontré el medio de hacer una pipa, invento que me produjo no sólo una gran alegría, sino tanta vanidad como jamás la he tenido igual. Aunque era tosca y del mismo color que mis demás útiles de barro, tiraba muy bien y me procuraba el placer de poder fumar.

En la profesión de cestero conseguí también realizar notables progresos, llegando a fabricar varias canastas apropiadas para los más diversos usos. Las construí fáciles de ser manejadas y de distintos tamaños. Algunas las empleaba para transportar cosas y otras me servían para guardar los granos que recolectaba en las cosechas.

Como la pólvora empezaba a escasear, pensé que al cabo de algunos años ésta se acabaría, viéndome entonces en la imposibilidad de reemplazarla. Dicho pensamiento me preocupaba enormemente, haciéndome temer por el futuro. ¿Qué podría hacer sin pólvora? ¿Cómo cazaría las cabras? Es cierto que llevaba ya ocho años cuidando una cabrita, con la esperanza de coger otro animal de la misma especie. Pero no pude lograrlo sino cuando la cabra se puso ya muy vieja. Nunca tuve valor para matarla. Murió de vejez al cabo de algunos años.

Pero como las municiones habían ya disminuido mucho hacia el undécimo año de mi residencia en la isla, empecé a pensar seriamente en el modo de apoderarme de algunas cabras vivas y, de ser posible, con crías. A tal fin tendí varias redes, estando seguro de haber atrapado algunas; pero, como el hilo era delgado, volvieron a escaparse. Lo cierto es que siempre encontré las redes rotas y el cebo comido. Desgraciadamente me faltaba alambre para hacer otras más resistentes.

Entonces traté de cazarlas valiéndome de trampas, para lo que hice varios hoyos que cubrí con cañizos y bastante tierra, esparciendo por encima espigas de arroz y de trigo. Pero tampoco tuve suerte, pues las cabras llegaban a comerse los granos, hundiéndose algunas en la trampa, pero siempre lograban salir de ella. Esto no me desanimó en lo más mínimo y trabajé para perfeccionar las trampas, cosa que conseguí después de varios ensayos. Una mañana que fui a observarlas, encontré en una de ellas un viejo y enorme macho cabrío, y tres cabritos en otra: un macho y dos hembras.

El macho cabrío se encontraba tan furioso que yo no sabía qué hacer con él. No tenía coraje para entrar en la trampa y llevármelo a casa, que era lo que deseaba más vivamente. Tampoco me resolvía a matarlo, pues con ello no adelantaba nada. Opté, pues, por devolverle la libertad, soltándolo. Jamás he visto huir a un animal con tanto espanto. La verdad es que no se me ocurrió entonces que pude haberlo dominado por hambre, tal como lo hacen con los mismos leones.

En cuanto a los cabritos caídos en la otra trampa, los saqué del foso y, amarrándolos con una cuerda, los llevé a casa, aunque con algunas dificultades por ser muy huraños. En un comienzo se resistieron a comer, pero luego lo hicieron, atraídos por el grano fresco que les ofrecía, domesticándose completamente.

Con el éxito logrado pensaba que en algún tiempo más podría disponer de un rebaño de cabras, y así alimentarme con la carne de dichos animales, aunque me faltaran la pólvora y las municiones.

Luego me di a la tarea de emprender la construcción de un seto que rodeara un amplio espacio de terreno donde los cabritos pudieran pacer libremente sin peligro de que se escaparan. Aunque el proyecto era demasiado vasto para ser realizado por un solo hombre, su ejecución era imperiosa y de inmediato procedí a elegir el lugar adecuado para cercarlo, cuidando de que tuviera suficiente agua para que abrevaran y sombra para que se protegieran de los rayos del sol.

A tal fin cerqué un terreno de unos doscientos veinte metros de longitud por ciento ochenta de anchura, considerando que su extensión era suficiente para que en él pudiera vivir un regular rebaño de cabras. Si éste aumentaba considerablemente, agrandaría a mi vez las dimensiones del cercado. Trabajé, pues, con ahínco, dejando entretanto pacer a los cabritos a mi lado con las patas amarradas por temor a que se escapasen.

A menudo les daba algunas espigas de trigo y puñados de arroz, que ellos comían de mi mano, llegando en tal forma a domesticarse tanto, que cuando el cercado estuvo concluido y los dejé en libertad, me siguieron a todas partes, balando tiernamente para que les diera algunos granos.

Tres años más tarde tuve un rebaño de cuarenta y dos cabezas, entre machos cabríos, cabras y cabritos, sin contar las que había matado para mi consumo. Esto me obligó después a construir otros cinco cercados, pero menores que el primero. Dispuse además en ellos algunos pequeños parques para poder coger las cabras más fácilmente, así como varias puertas para que pudieran pasar de un cercado a otro.

Algún tiempo después se me ocurrió organizar una lechería, por más que yo no había ordeñado jamás una vaca ni una cabra. Sin embargo, no me costó gran trabajo aprender a hacerlo, así como elaborar queso y mantequilla. Las cabras me daban a veces hasta ocho y diez litros de leche diarios, y desde entonces nunca me faltaron dichos alimentos.

A la sazón yo era el señor y el rey absoluto de toda la isla, dueño de mis súbditos, sobre los que ejercía derecho de vida y muerte. Podía colgarlos, quemarlos, privarles de su libertad o restituírselas. En mis dominios no había ningún sedicioso.

Como auténtico soberano que yo era, comía a la vista de toda mi corte. El loro, como si fuese mi favorito, era el único que tenía autorización para hablarme. El perro, que ya se había puesto viejo, permanecía siempre recostado a mi derecha. Los dos gatos se apostaban a cada cabecera de la mesa, esperando pacientemente que les pasara algunos trozos de carne. Es de hacer notar que tales gatos no eran los mismos que había sacado del barco, pues ya hacía tiempo que habían muerto. Pero tuvieron crías y yo había separado dos de ellas, huyendo las demás al bosque.

Cada día sentía mayores deseos de tener la canoa, pero no me resolvía a exponerme a nuevos azares, pues la única manera de conseguirlo era traerla costeando hacia la bahía. Pero una mañana me entraron tan violentas ganas de llegarme a la punta de la isla en donde ya había estado y observar de nuevo la costa, que no pude resistir a ese deseo y me puse en camino sin más trámite.

Seguramente que si en la provincia de York encontrasen a un hombre con la indumentaria que yo llevaba puesta se espantarían o se reirían en sus barbas. Llevaba un sombrero de piel de cabra enormemente alto y sin forma alguna, por detrás del cual pendía media piel de la misma clase que servía para protegerme del sol y de las lluvias. Usaba una especie de falda que me llegaba hasta debajo de las rodillas, también de piel de cabra, y unos pantalones que me había fabricado del cuero de un macho cabrío. No llevaba medias ni botas, pero me había fabricado una especie de botines que me amarraba como polainas, y que como mis demás vestidos erar de una forma extraña.

Un cinturón de la misma piel que la de los vestidos me ceñía, llevando en vez de espada un hacha y una sierra a cada lado. Tenía también un tahalí de cuyo extremo pendían dos bolsas fabricadas del mismo material y en las que guardaba la pólvora y los perdigones. Por sobre mi cabeza resaltaba un quitasol, que aunque burdo y desproporcionado, era lo que más necesitaba después de la escopeta.

Volviendo al relato de mi viaje, tardé cinco o seis días caminando a lo largo de la playa en derechura al lugar donde antes había anclado la canoa. Desde allí descubrí la colina que me había servido de observatorio, trepando a ella. Cuál no sería mi sorpresa al ver el mar sin ninguna corriente y en completa calma. Me devanaba los sesos para comprender las causas de aquel cambio, decidido a observar el mar durante algún tiempo, pues sospechaba que la corriente de que he hablado tenía como única causa el reflujo de la marea.

Pero no tardé mucho en enterarme de tan extraña mudanza, pues vi que el reflujo de la marea, que partía del oeste y se unía al curso de algún río, era el que provocaba dicha corriente, y que, según la mayor o menor violencia de los vientos del norte y del oeste, la corriente llegaba hasta la isla o se perdía en el mar a menor distancia. Por la tarde volví a observar la corriente, igual que la había visto antes, pero con la diferencia de que no se encaminaba directo, a la isla, sino que se alejaba de ella aproximadamente media milla.

De dichas observaciones inferí con claridad que, tomando en cuenta el tiempo del flujo y del reflujo de las aguas, me sería fácil llevar la canoa hasta mi pequeña bahía. Pero el recuerdo de los recientes peligros que había pasado me causo tanto miedo, que jamás me atreví a poner en ejecución tal proyecto, prefiriendo por ello adoptar otro plan: el de construir una nueva canoa, de modo que hubiera tenido una para cada lado de la isla.

Con esto, llego al punto en que mi vida emprendió un rumbo completamente distinto al que hasta entonces había seguido.

Capítulo X

El miedo se apodera de Róbinson

Un día en que me dirigía a la canoa, descubrí en la arena las huellas de un pie desnudo. La impresión hizo que me detuviera en seco, como si hubiera sido alcanzado por un rayo o hubiese visto algún fantasma. Miré hacia todos lados, pero no vi ni oí nada. Trepé a un pequeño promontorio para otear más lejos, bajando luego y encaminándome hacia la playa, pero tampoco conseguí avanzar en mis observaciones. Regresé otra vez al lugar del espantoso descubrimiento, con la esperanza de que mis temores resultaran infundados, pero torné a ver las huellas precisas de un pie descalzo: los dedos, el talón y demás detalles que conforman la planta humana.

Desde ese momento no sabía yo qué pensar ni qué hacer. Corrí a mi fortificación sumamente turbado y mirando hacia atrás a cada momento, tomando por hombres las matas que encontraba. Mil ideas locas y pensamientos extravagantes acudieron a mi imaginación mientras duraba la huida hacia mi casa. Llegado a ésta penetré con la precipitación propia de un hombre acosado por las fieras, y ni siquiera puedo precisar si trepé por la escala o por el boquete practicado en la roca. El pánico que se apoderó de mí no me permite recordar los detalles de tan precipitada fuga. No creo que jamás zorra alguna se refugiera en su madriguera con mayor espanto que el mío al hacerlo en mi castillo, nombre éste con el que lo seguiré llamando en lo sucesivo.

De más está decir que aquella noche no pude conciliar el sueño. Espantosas ideas conturbaban mi mente y visiones horripilantes me mantenían en un estado de extrema excitación. ¿Qué hombres habían dejado la huella que acababa de descubrir? Seguramente que no podían ser otros que los salvajes del continente, arrastrados tal vez en sus canoas hasta la isla por vientos contrarios o por alguna corriente violenta.

Al mismo tiempo que se agolpaban en mi imaginación tales ideas, daba gracias al Cielo por no haberme encontrado en dicho lugar de la isla y por haberse librado mi canoa de sus miradas, lo que indudablemente los habría inducido a buscarme hasta dar conmigo. Estas últimas dudas me preocupaban y mortificaban cruelmente, pues pensaba que de no ser así pronto los tendría de regreso y en mayor número, dispuestos a asesinarme, o, en el mejor de los casos, si escapaba con vida, destruirían mis plantaciones, se llevarían mi rebaño y me vería condenado a morir de hambre.

Cierta mañana en que aún me encontraba en cama, atribulado con semejantes ideas y sumido en la mayor tristeza, acudió a mi memoria el siguiente pasaje de la Sagrada Escritura: "Invócame en el día de la desgracia, y yo te libertaré y tú me glorificarás". Reconfortado con la nacida promesa, no sólo me levanté con el ánimo mejor dispuesto, sino resuelto a pedir a Dios mi liberación con los más fervientes ruegos. Concluidos éstos, tomé la Biblia y, al abrirla, mis ojos se encontraron con las siguientes palabras: "Piensa en el Señor y ten ánimo, que El te fortalecerá el corazón". Desde ese momento sentí un enorme alivio y se desvanecieron mis temores, llenándose mi alma de agradecimiento por la divinidad.

Sujeto a ese ir y venir de inquietudes y preocupaciones, un día se me ocurrió que tal vez el motivo de mi temor sólo fuese una quimera, y que a lo mejor aquella huella en la arena pudiera ser la de mi propio pie. "Acaso —pensaba— he representado el papel de esos dementes que se inventan cuentos de fantasmas y duendes, y que luego se asustan más de sus creaciones que aquellos a quienes se los relatan."

Cobré coraje y salí de mi castillo para ir de exploración como de costumbre. Llegado a mi casa de campo, y pensando que las cabras necesitarían que se las ordeñase y se las atendiese por si algunas habían enfermado durante mi ausencia, permanecí allí tres días. Pero cualquiera que me hubiese visto caminar con tanto sigilo y mirando detrás de mí a cada momento, habría pensado que se trataba de un hombre acosado por su conciencia. Algunas veces llegaba a dejar el cubo de la leche en el suelo y corría con tanta celeridad como si se tratara de salvar la vida.

Finalmente llegué a acostumbrarme, volviéndome más tranquilo y confiado, y haciéndome la idea de que había sido engañado por mi imaginación. Pero entretanto no comprobara los hechos no podía estar del todo convencido del supuesto error. Y he aquí que en cuanto llegué a la playa vi claramente que no era posible que yo hubiese desembarcado en dicho lugar. De otro lado, la huella que había en la arena era bastante mayor que mi pie, lo que de nuevo me agitó el espíritu. Regresé a casa, estremeciéndome como si tuviera una alta fiebre y persuadido de que habían desembarcado hombres en la isla o de que ésta se encontraba habitada.

Las más extravagantes resoluciones se agolparon en mi mente. En primer lugar, me propuse destruir la cerca, dejando que mi rebaño de cabras se fuese a los bosques. Asimismo, me propuse destruir la casa de campo y la cabaña, revolviendo también mis plantaciones a fin de que los salvajes no se percataran de que la isla se encontraba habitada. Tales fueron mis reflexiones durante la noche siguiente. Y es que el miedo al peligro es más espantoso que el peligro mismo, cuando se lo considera de cerca. Así como la inquietud que provoca un mal remoto es a veces más insoportable que el mismo mal.

Durante toda la noche permanecí despierto y atormentándome con dichas reflexiones, hasta que al acercarse la mañana me dormí profundamente.

Cuando me desperté, me encontraba más tranquilo y pude razonar con calma sobre mi verdadera situación. Deduje que una isla tan fértil y agradable, además de su proximidad al continente, no debería estar tan deshabitada como yo había supuesto, aunque no lo fuera de manera permanente. Pero al parecer venían a veces hombres con canoas, ora voluntariamente, ora cuando las tempestades los arrojaban allí. De la experiencia de quince años, deduje también que dicha gente tornaba a embarcarse en cuanto podía, motivo por el que sólo había que temer que me viesen durante tales arribadas forzosas.

Entonces me arrepentí de haber levantado mi vivienda tan cerca de la costa y de haberla provisto de una salida por el lado en que mi fortificación se unía a la roca. Para subsanar dicha falla resolví construir una segunda trinchera, también en semicírculo, en el mismo lugar en que una docena de años atrás había plantado una hilera de árboles. En esta forma me encontraba protegido por una doble muralla: la exterior, flanqueaba con piezas de madera y cables viejos, y otra interior. Practiqué cinco boquetes lo suficientemente anchos como para sacar por ellos el brazo, en los que coloqué los cinco mosquetes que tenía, disponiéndolos a manera de cañón en una especie de cureñas, de modo que en un par de minutos podía descargar toda mi artillería.

Concluida la obra, en la que demoré varios meses, me dediqué a sembrar, en un ancho espacio de tierra fuera de la muralla, retoños de una planta muy parecida al mimbre, y apropiada para crecer y afirmarse al mismo tiempo. Creo que en un solo año llegué a hundir en la tierra alrededor de veinte mil tallos, de modo que quedó un espacio vacío bastante grande entre dichos bosques y la muralla, apropiado para poder descubrir al enemigo y para que éste no pudiera tenderme emboscada alguna entre dichos árboles.

Seis años más tarde, tenía ante mi casa una selva impenetrable, y ningún ser humano hubiera podido imaginarse que allí se ocultaba la vivienda de una persona. Como además me valía de dos escalas para entrar y salir, lo que hacía por encima de la roca, nadie hubiera podido llegar hasta mí sin correr los mayores riesgos. Todas las medidas de seguridad fueron, pues, tomadas, y más adelante se verá que en ningún caso resultaron inútiles.

Mientras me ocupaba de dichas labores no dejaba de atender mis demás asuntos, preocupándome sobre todo por mi rebaño de cabras, el que no sólo era un gran recurso en el presente, sino que para el futuro me aseguraba el ahorro de múltiples fatigas, y, lo que es más importante, de pólvora y perdigones. Resolví, pues, tras prolongadas deliberaciones, ponerlo fuera de todo peligro construyendo dos pequeños cercados, lejos el uno del otro y lo más ocultos que fuera posible, encerrando en cada uno de ellos media docena de cabritas. A tal fin empecé a explorar todos los rincones de la isla, encontrando muy luego el lugar apropiado para hacerlo.

Era un terreno llano, en medio de los bosques, donde algunos años atrás estuve a punto de perderme un día que volvía de la parte oriental de la isla. Puse en seguida manos a la obra, y en menos de un mes quedaron mis cabras tan seguras como lo deseaba.

Después de haber puesto fuera de todo peligro parte del rebaño, recorrí la isla en busca de un segundo lugar que se prestara para la construcción de un nuevo refugio. Un día, habiendo avanzado hacia el extremo occidental de la isla, más lejos de lo que antes lo había hecho, creí divisar una canoa en el mar.

Pese a que disponía de un catalejo, que había salvado del barco, no lo llevaba conmigo, motivo por el que no pude distinguir con claridad el citado objeto, a pesar de que lo examiné largamente. Quedé, pues, en la incertidumbre sobre su efectividad, y resolví no volver a salir sin llevar siempre un anteojo de larga vista.

Después de haber caminado un buen rato, y cuando me encontraba en un lugar desconocido para mí, descubrí que no era tan raro hallar en la isla huellas humanas, y que si la Providencia no me hubiera arrojado por la parte donde no llegaban los salvajes, habría sabido que las canoas arribaban a mi isla. También habría sabido que, después de algún combate, los vencedores llevaban a sus prisioneros a mis playas, para descuartizarlos y comérselos, como auténticos antropófagos que eran.

Me informé de todo esto porque en la costa suroeste presencié un espectáculo que me llenó de horror. La tierra por aquella parte se encontraba tristemente sembrada de cráneos y huesos humanos. Además había restos de una fogata y unos huecos en la tierra, dispuestos en forma de círculo, en donde seguramente se instalaban los salvajes para celebrar su macabro festín.

No pude por menos de apartar la vista de semejantes huellas brutales, y me habría desmayado si mi propia naturaleza no me hubiese defendido con un violento vómito. Cuando pude recuperarme, no toleré la presencia de semejante lugar y me encaminé hacia mi morada. Alzando los ojos al cielo, con el corazón dolorido y los ojos inundados de lágrimas, di gracias a Dios por haberme hecho nacer en un país extraño a tales calamidades.

Llegué a mi casa más tranquilo que antes, seguro de que aquellos brutales salvajes no arribarían nunca a la isla con la intención de sacar de ella algún botín, por no tener necesidad para hacerlo o por haberse convencido de no encontrar en ella cosa alguna que les pudiera interesar.

De todos modos, el terror que me produjo el hallazgo me sumió en una melancolía que me mantuvo dos años encerrado en mis dominios, esto es, en mi castillo, en la alquería de verano y en el nuevo cercado del bosque. Pero el tiempo y la seguridad de que no sería descubierto me hicieron recobrar finalmente mi manera ordinaria de vivir.

Vigilaba sí más que antes y ya no disparaba la escopeta por temor de ser oído. Si alguna vez cogía alguna cabra montés, lo hacía valiéndome de trampas. Sin embargo, jamás salía sin el mosquete y un par de pistolas al cinto, así como armado con uno de los enormes cuchillos que tenía.

Desde entonces, mi imaginación tomó nuevos rumbos, pues no hacía sino soñar con el medio de destruir a aquellos monstruos y si fuese posible salvar a sus víctimas. La infinidad de proyectos que me forjé para tal fin sería suficiente para llenar un volumen mayor que el presente. Pero con ello nada adelantaba, pues encontrándome solo muy poco podía frente a una veintena o treintena de salvajes armados de azagayas y flechas tan efectivas como mis propias armas.

Después de haber planeado colocar una mina bajo el lugar donde hacían su fogota, preparada a base de algunas libras de pólvora, desistí de ello en vista de que no estaba convencido del buen efecto que tal explosión podría producir entre los caníbales. Desistí, pues, de ello, resolviendo más bien buscar un lugar adecuado donde poder emboscarme y atacarlos sorpresivamente.

A tal fin bajé varias veces al lugar del festín, con el cual empezaba a familiarizarme, sobre todo en los momentos en que mi espíritu se poblaba de sentimientos de venganza y exterminio. Después de algunos días encontré un lugar apropiado, en una de las laderas de la colina, desde el cual podría verlos desembarcar para luego bajar a lo más espeso del bosque y apostarme detrás de un árbol corpulento y hueco. Desde allí me resultaría fácil observar todos sus movimientos y descargar mis armas sobre ellos, de modo que tras el primer disparo dejara fuera de combate a tres o cuatro por lo menos.

Resuelto a realizar mi proyecto, alisté la escopeta y los mosquetes. Cargué cada uno de éstos con cuatro o cinco balas de pistola, y la escopeta con perdigones gruesos. También puse cuatro balas en cada pistola, alistándome así para una segunda y una tercera descarga. Durante más de un mes subí a la colina todas las mañanas, oteando el horizonte con el catalejo, pero no conseguí hacer el menor descubrimiento.

Por último, el cansancio de acariciar durante tanto tiempo la misma esperanza me hizo reflexionar cuerdamente sobre el acto que pensaba realizar. "¿Qué derecho —me decía— tengo yo para constituirme en juez y verdugo de esos salvajes? ¿Con qué autoridad voy a vengar la sangre que derraman? Si esos hombres nunca me han causado daño alguno directamente, no se justifica que yo los ataque."

Reflexionando de tal guisa, a lo que se agregaba el peligro que correría en caso de que algún salvaje escapara de mis manos y fuera con la noticia a su país, desistí de dichos propósitos homicidas, resolviendo mantenerme prudentemente aparte para que no sospecharan que la isla se encontraba habitada.

En ese estado de ánimo viví todo un año, y ni siquiera regresé a la colina para ver si habían desembarcado, temeroso de que cualquier circunstancia renovase mis propósitos hostiles. Sólo salía de la caverna para cumplir mis obligaciones ordinarias, como ser para ordeñar las cabras y alimentar el pequeño rebaño que había trasladado al nuevo cercado.

Ya no me atrevía a clavar un clavo por temor de producir ruido y hasta sentía menos deseos de disparar con la escopeta. Cuando encendía fuego, lo hacía siempre con gran inquietud y temiendo que el humo, visible a gran distancia, pudiera descubrirme. Por dicho motivo trasladé las cosas que requerían el empleo del fuego a la residencia del bosque, donde por puro azar llegué a encontrar una cueva natural.

La boca de dicha caverna se hallaba detrás de una roca, donde yo estaba cortando una ramas de árboles para transformarlas en carbón. Entre las malezas descubrí dicha abertura, y la curiosidad me impulsó a penetrar en ella, lo que conseguí con algunos esfuerzos. Por dentro era lo suficiente alta como para que cupiera yo de pie, pero he de confesar que salí de ella más de prisa de lo que había entrado, pues en el fondo de aquel antro tenebroso descubrí dos enormes ojos brillantes como ascuas.

Después de que me hube recobrado del susto, tomé un tizón encendido y volví a penetrar en el antro, pero mi espanto fue aun mayor que la primera vez, pues oí un prolongado suspiro, acompañado de palabras entrecortadas y de otro suspiro aun más macabro. Empecé a temblar todo entero, un sudor frío cubrió mi cuerpo, y estoy seguro de que si hubiese llevado un sombrero, éste habría caído al erizárseme los pelos. Pese a ello, continué avanzando intrépidamente, para encontrar tendido en tierra un macho cabrío enorme, muriéndose de viejo.

Ya tranquilizado del todo, observé la caverna con suma atención, viendo que era estrecha e irregular y que su existencia se debía exclusivamente a la obra de la naturaleza. Al fondo divisé una segunda abertura, pero tan baja que sólo podría entrar a gatas, razón por la que aplacé el hacerlo hasta el día siguiente y provisto de una antorcha.

Efectivamente, así lo hice, regresando con seis bujías que fabriqué de sebo de cabra y arrastrándome por aquel boquete unos diez metros. Allí se ensanchaba éste y me encontré bajo una bóveda de unos veinte pies de altura, en la que la luz de las bujías se reflejaba en mil puntos brillantes. El espectáculo era espléndido y no podía saber qué era lo que provocaba aquel brillo. Pensaba que fueran diamantes u otras piedras, o quizá oro. Esta última suposición me parecía la más aceptable.

Una vez que comprobé que la gruta era seca y que no se percibía ninguna emanación de gases ni huellas de reptiles venenosos, resolví trasladar a ella todas las cosas cuya conservación me preocupaba más. Dicho propósito me dio la oportunidad de abrir el barril de pólvora que se había mojado, viendo con alegría que el agua sólo había penetrado unas tres o cuatro pulgadas, formando la pólvora mojada una especie de costra que protegió el resto. Obtuve unas sesenta libras de buena pólvora, la que llevé a la gruta con todos los perdigones que aún quedaban y dejando en el castillo sólo los indispensables para defenderme en caso de ser atacado.

El macho cabrío murió al día siguiente de haberlo encontrado, y me pareció más conveniente enterrarlo allí que arrastrar su pesado cadáver hacia afuera. Veintitrés años llevaba ya en la isla, y estaba tan acostumbrado que, a no ser por el miedo a los salvajes, me hubiera gustado pasar en dicha gruta el resto de mis días. Pero el Cielo había dispuesto las cosas de otro modo y recuerdo, a quienes me lean, lo siguiente: que ¡cuántas veces en nuestra vida resulta que el mal que evitamos con el mayor empeño se transforma en la puerta de nuestra liberación!

Capítulo XI

Un naufragio, el festín de los caníbales y "Viernes"

Cierta mañana de diciembre salí de mi morada muy de madrugada, sorprendiéndome distinguir una luz en la orilla del mar, aproximadamente a media legua de distancia. El miedo de ser descubierto me hizo volver de prisa a la gruta, en la que aún no me sentía seguro por cuanto el grano estaba a medio segar, cosa que si descubrían los salvajes me comprometería terriblemente.

Una vez que hube subido, retiré la escala y me apresté a la defensa, cargando todas mis armas y resuelto a batirme hasta el final. Después de esperar durante dos horas a los salvajes, resolví avizorar desde lo alto de la roca, para lo cual trepé a ella valiéndome de las dos escalas y provisto del catalejo. Desde allí pude observar que había nueve salvajes, sentados en círculo alrededor de una hoguera, y al parecer dispuestos a servirse alguno de sus truculentos banquetes.

Los caníbales traían consigo dos canoas que habían dejado en la playa, y como era la hora del flujo, parecía que esperaban el reflujo para regresar, cosa que me alivió enormemente. Al parecer se encontraban todos desnudos y se entretenían ejecutando unas danzas exóticas y por de más bruscas.

En cuanto la marea empezó a descender, los salvajes saltaron sobre sus canoas y pronto se alejaron de la costa. Tomando mis armas, me encaminé hacia la playa y nuevamente pude ver las huellas de su horrible festín. Tal fue mi indignación, que resolví lanzarme sobre el primer grupo que encontrara, cualquiera que fuera su número.

Sin embargo, tuve que esperar muchos meses hasta volver a encontrarlos, pues las visitas que hacían a la isla eran poco frecuentes. Durante todo ese tiempo me asaltaron sí los más vivos temores sobre mi seguridad y los pensamientos homicidas volvieron a atormentarme. Continuamente formaba planes de ataque para ponerlos en ejecución en la primera oportunidad, lo que me quitaba muchas horas del día que pude haberlas destinado a mejor fin.

Promediaba mayo, según marcaba el poste que me servía de calendario, cuando se desencadenó una violenta tempestad en el mar, acompañada de truenos y relámpagos. La noche siguiente no fue menos espantosa, y mientras me encontraba leyendo y meditando con la Biblia, me sorprendió un ruido semejante al de un cañonazo.

Tal impresión era muy distinta de todas cuantas había sufrido en la isla. Me levanté precipitadamente y en un instante estuve encaramado en la roca, valiéndome de las dos escalas. Al momento una luz viva me anunció un segundo cañonazo, el que escuché medio minuto después y cuya detonación parecía proceder del lugar hacia donde había sido arrastrado en mi canoa por la corriente. Entonces encendí una fogata en lo alto de la colina, la que sin duda fue distinguida, pues oí un tercer cañonazo, seguido de otros varios que provenían de la misma dirección.

Durante toda la noche mantuve el fuego, y cuando el horizonte se hubo aclarado al amanecer, divisé hacia el este y a gran distancia un objeto extraño. Como el objeto permanecía en el mismo lugar, pensé que se trataba de un barco anclado, encaminándome entonces hacia la parte meridional de la isla para satisfacer mi curiosidad.

Una vez que llegué al lugar en que en otro tiempo me habían llevado las corrientes, trepé a la más elevada de todas las rocas, y como el tiempo estaba despejado, distinguí con gran pena el casco de un barco que se había estrellado contra unas rocas ocultas que formaban la contramarea que en dicha oportunidad me había salvado de una muerte segura.

El deseo que tenía de que se hubiese salvado por lo menos uno de aquellos hombres, para que me sirviese de compañero, es inexpresable. Jamás suspiré tanto por ello ni sentí tan vivamente la desgracia de verme privado de toda compañía. A cada momento me repetía: "¡Dios quiera que se haya salvado siquiera uno solo!" Y al pronunciar tales palabras se unían mis manos con gran fuerza y mis dientes se apretaban nerviosamente.

Hasta el último día de mi permanencia en la isla ignoré si se había salvado alguno de aquel naufragio. A los pocos días de la catástrofe descubrí en la playa el cuerpo de un grumete ahogado. En los bolsillos sólo tenía unas monedas de plata y una pipa, mucho más preciosa para mí que cualquier tesoro. Las escasas ropas que llevaba puestas no me permitieron adivinar la nacionalidad a que pertenecía.

Entretanto el mar se había calmado y me entraron deseos de visitar el buque, no tanto por las cosas útiles que en él pudiera encontrar, sino por la esperanza de que alguna criatura viva pudiera ser salvada. A tal fin tomé una buena ración de pan, arroz, quesos, una docena de bollos, un cesto con pasas, una botella de licor y dos jarras, una con leche de cabra y otra con agua fresca. Puse todas estas provisiones en la canoa, asi como el quitasol y mis armas, y, luego que me hube encomendado a Dios, bogué hacia la punta nordeste de la isla, apegado siempre a la costa.

Una vez que hube llegado al extremo de la isla, saqué la canoa de un pequeño recodo y trepé a una colina elevada para observar el rumbo de las corrientes que en otro tiempo estuvieron a punto de perderme. Desde allí pude ver claramente que así como la corriente del reflujo salía de la parte meridional de la isla, la del flujo entraba por la parte norte, pudiendo por lo tanto conducirme de regreso.

Con dichas observaciones resolví partir hacia el barco encallado, al día siguiente, y así lo hice después de pasar la noche en mi pequeña canoa. Al cabo de dos horas de navegar a favor de la corriente, llegué al barco y presencié un espectáculo muy triste. Éste se encontraba como clavado entre dos peñascos, con la popa y parte del cuerpo destrozadas por las aguas. Como la proa había chocado con gran violencia contra las peñas, el palo mayor y el de mesana se habían roto, aunque el bauprés permanecía en pie.

Cuando me encontraba cerca del barco, apareció un perro sobre cubierta, que empezó a proferir aullidos en cuanto me vio. Lo llamé y saltó al mar, ayudándole a subir a la canoa. Le di un pedazo de pan que devoró con gran avidez, y luego le di de beber agua fresca. Fuera del perro, no había otro ser viviente en el barco.

Dos hombres abrazados se habían ahogado en la cámara de proa, donde seguramente el agua entró con gran violencia y no les dio tiempo para escapar. Encontré algunos barriles que parecían estar llenos de aguardiente o de vino, pero eran tan grandes que no pude moverlos. También descubrí varios cofres, de los que metí dos en la barca, sin siquiera abrirlos. Por lo que en ellos después encontré, supuse que el buque debía llevar rica carga, y a juzgar por la ruta que seguía, era probable que fuera con dirección a La Habana y luego a España.

Además encontré un barril que podía contener unas veinte pintas y lo trasladé con gran trabajo a mi canoa. En uno de los camarotes vi un cuerno de pólvora que contenía unas cuatro libras, del que me apropié. Así también tomé una pala, unas tenazas y algunos útiles de cocina. Al ver venir la marea que debía volverme a la isla, me embarqué con toda esa carga y el perro que había salvado. Esa misma tarde llegué a la costa, aunque sumamente rendido por la expedición.

Al día siguiente resolví trasladar aquellas cosas a la nueva caverna que había descubierto, aunque primero resolví examinarlas. El barril contenía ron, aunque de inferior calidad que el brasileño. En los cofres encontré muchos objetos de escaso valor, algunas camisas, corbatas y media docena de buenos pañuelos. En el fondo de uno de ellos había tres grandes sacos de monedas de plata, además de un paquete que contenía algunas joyas y seis doblones, el que pesaría poco más de una libra.

Pese a que el dinero no me servía gran cosa, lo llevé también a la gruta, donde tenía el que había salvado de nuestro propio barco. Sólo lamenté no haber podido penetrar al fondo del buque destrozado, pues de seguro que hubiera encontrado suficientes cosas como para cargar nuevamente la canoa.

Una vez que puse en lugar seguro todas mis adquisiciones, dejé la barca en su rada ordinaria y regresé a mi refugio. Seguí viviendo como de costumbre durante dos años, regularmente feliz, aunque siempre imaginando mil proyectos para salir de la isla. Una noche me agitaron con tanta fuerza tales pensamientos, que mi sangre parecía hervir como si tuviera fiebre. Por último, rendido por la fatiga de mis nervios, me dormí profundamente.

Esa noche soñé que, al salir una mañana de mi refugio, veía en la costa dos canoas de las que saltaron once caníbales que llevaban a un prisionero para sacrificarlo. El infeliz, en el momento en que lo iban a matar, echó a correr hacia mí con el propósito de esconderse en el bosquecillo que cubría mi trinchera. Cuando estuvo fuera del alcance de sus perseguidores, me descubrió, a lo que yo, mirándole risueñamente, le ayudé a trepar por mi escala para luego llevármelo a mi morada y servirme de él como de un esclavo.

A la mañana siguiente sentí una gran pena porque el sueño no hubiera sido realidad, y muchas veces lo consideré como un auténtico bien que lo hubiese perdido. Esto me hizo comprender que el único medio para salir de la isla era coger algún salvaje, y mejor aún si lo libraba de la desgracia, a fin de que estuviera agradecido conmigo. Con tal intención todas las mañanas iba a uno u otro extremo de la isla, pero nada descubrí en dieciocho meses consecutivos.

La oportunidad tan ansiada pareció presentarse al fin.

Una rnadrugada distinguí en la costa cinco canoas. Los salvajes ya habían desembarcado y se hallaban aparentemente fuera del alcance de mi vista. Luego de escuchar con atención por si percibía algún ruido, dejé las dos escopetas al pie de la escala y me trepé a la roca, colocándome de modo que no sobresaliera mi cabeza. Ayudado por el catalejo pude ver que los salvajes eran por lo menos treinta, y que danzaban frenéticamente alrededor de una hoguera que habían encendido para preparar su festín.

Después de un momento, les vi sacar de una chalupa a dos desgraciados para descuartizarlos. Uno de ellos cayó en tierra; derribado por un mazazo y muerto al parecer. Inmediatamente se arrojaron sobre él algunos de los caníbales, abriéndole el cuerpo y despedazándolo en un santiamén, para luego repartirse los trozos de su carne. El otro desgraciado, que se hallaba a su lado en espera de que le llegara el turno, alentado por alguna esperanza de salvarse, echó a correr, con una rapidez extraordinaria, en dirección al sitio en que yo me encontraba.

Declaro que me asusté muchísimo al verlo tomar dicho camino, sobre todo porque pensé que lo perseguiría todo el grupo. Pero pronto hube de tranquilizarme al ver que sólo tres hombres lo seguían, y que les había ganado tanto terreno que sin duda alguna llegaría a escapar si lograba sostener aquella carrera durante media hora.

Entre el fugitivo y mi castillo había una pequeña bahía, y aunque la marea estaba muy alta, se tiró al agua y la cruzó en no más de treinta brazadas. Después continuó corriendo con igual celeridad que antes.

Sus perseguidores eran sin duda inferiores, pues sólo dos de ellos la cruzaron, empleando el doble del tiempo que el fugitivo, mientras que el otro se detuvo en la orilla por no saber nadar, para luego regresar hacia el lugar del festín. Súbitamente pensé entonces que ésa era la ocasión propicia para conseguir un compañero, y que el Cielo me asignaba la misión de salvar la vida de aquel infeliz. Convencido de ello, bajé rápidamente de la roca para tomar las escopetas y me encaminé al mar.

El camino era corto y pronto me interpuse entre los perseguidores y el fugitivo, dándole a entender mediante gritos y señas que se detuviera, aunque creo que en un comienzo me tenía tanto miedo como a aquellos de quienes escapaba.

Una vez que estuve cerca de los caníbales, me arrojé súbitamente sobre el primero, derribándolo de un culatazo, pues preferí valerme de dicho medio antes que disparar, por temor de llamar la atención de los demás. El otro se paró en seco como espantado, pero al abalanzarme hacia él vi que ajustaba una flecha en el arco que llevaba, lo que me obligó a despacharlo del primer disparo.

El atemorizado fugitivo, por más que vio a sus perseguidores fuera de combate, se encontraba tan aterrado por el fuego y la detonación, que se quedó como clavado en el suelo, reflejando en su semblante mayores deseos de escapar que de aproximarse a mí.

Nuevamente volví a hacerle señas para que se acercase, pero sólo dio unos pasos y se detuvo, como si tuviera miedo de volver a caer prisionero. Hube de llamarlo por una tercera vez, valiéndome de las señas más amistosas posibles, hasta que se resolvió a aproximarse, arrodillándose a cada diez o doce pasos, para demostrarme su reconocimiento. Entretanto yo trataba de sonreírle de la manera más cariñosa, hasta que llegó a mi lado, postrándose de rodillas y besando repetidas veces el suelo. Luego me tomó un pie y se lo colocó sobre la cabeza, sin duda para darme a entender que me juraba fidelidad de esclavo.

Cuando lo levanté y acaricié para darle ánimos, descubrí que el salvaje al que había derribado de un culatazo no estaba muerto, sino sólo aturdido. Entonces mi esclavo pronunció unas palabras que no pude entender, pero por las señas que hacía me di cuenta de que deseaba que le prestara el sable.

Apenas lo hubo tomado, se precipitó sobre su enemigo y de un solo golpe le cortó la cabeza, tan diestramente como lo hubiera hecho el más hábil verdugo alemán. Realizada dicha operación volvió a mí, celebrando el triunfo con saltos y carcajadas, mientras ponía a mis pies el sable y la cabeza del salvaje decapitado.

Luego resolví irme, ordenándole que me siguiera y dándole a entender mi temor de que los salvajes nos dieran caza. Pero mi esclavo me hizo señas de que iba a enterrar a los que habíamos matado, por miedo de que nos descubriesen, cosa que le permití y realizó en un momento.

Tomadas dichas precauciones, me lo llevé a la gruta del bosque, donde le di pan, un racimo de pasas y agua fresca, pues estaba extenuado por la dura tarea que había realizado. Después le di a entender que se fuera a descansar, enseñándole un montón de paja de arroz y una manta para cubrirse.

Mi nuevo compañero era un mozo bien formado, de unos veinticinco años. Sin ser grueso, sus miembros eran fuertes y ágiles, y su rostro viril no presentaba ningún aspecto de ferocidad. Al contrario, sus facciones revelaban esa dulzura peculiar de los europeos, sobre todo cuando sonreía. Sus cabellos eran largos y negros, la frente despejada y los ojos brillantes. En fin, tenía la cara redonda y de un color aceitunado, boca pequeña, nariz bien formada y dientes perfectamente alineados y muy blancos.

Al cabo de una media hora se despertó y vino a buscarme, encontrándome en el cercado ordeñando las cabras. Se postró a mis pies y volvió a repetir la ceremonia por la que me juraba fidelidad, demostrando verdadero agradecimiento. A mi vez le di a entender que me encontraba muy contento con él.

Al poco rato empecé a hablarle y le enseñé que se llamaría Viernes, nombre que elegí por el día en que lo había conseguido. Asimismo, lo acostumbré a llamarme "amo" y a decir "sí" o "no" oportunamente. Luego bebí leche con pan remojado, pasándole después la vasija. Bebió igualmente y me dio a entender por señas que la encontraba buena.

Al día siguiente le hice comprender que me siguiera, pues le daría vestidos, cosa que pareció alegrarle. Cuando pasamos junto al lugar en que había enterrado a los salvajes, me dio a entender que deseaba desenterrarlos y comérselos. Simulé encolerizarme y le expresé el horror que ello me causaba, haciendo como si fuera a vomitar y ordenándole que se apartara de los cadáveres.

Luego lo llevé a lo alto de la colina para ver si se habían marchado los enemigos de la costa, cosa que comprobé con ayuda del catalejo. De todos modos, y para mayor seguridad, me encaminé al lugar del festín, en compañía de mi esclavo y llevando nuestras respectivas armas. Al llegar allí, presencié un espectáculo horrible e impresionante: todo el campo estaba sembrado de huesos y carne humana semidevorada; por el suelo vi tres cráneos y otros miembros dispersos. Viernes me explicó por señas que habían llevado a cuatro cautivos, resultado de una batalla librada entre ellos y la tribu a la que él pertenecía, y que por ambas partes se habían hecho muchos prisioneros que sufrieron la misma suerte.

Le ordené que recogiera aquellos despojos y que los redujera a cenizas en una hoguera.

Así lo hizo, pero advertí que deseaba con avidez aquella carne, pues seguía siendo un auténtico antropófago. Sin embargo, le demostré tanta repugnancia que no se atrevió a manifestarlo por temor de que lo matara. Luego regresamos al castillo, donde empecé a arreglar los vestidos para Viernes.

Al día siguiente me preocupé de darle un alojamiento cómodo y que al mismo tiempo no significara un peligro para mí en caso de que proyectara algún atentado contra mi vida. Para tal fin construí una choza entre las dos trincheras y tomé la precaución de llevarme a mi lado todas sus armas por las noches. Afortunadamente, tales precauciones resultaron innecesarias, pues nunca se ha visto un servidor más fiel y amante de su amo como Viernes.

En poco tiempo pude enseñarle a hablar mi lengua, pues encontré en él al mejor alumno del mundo. Se alegraba tanto cuando me entendía o cuando podía darse a entender, que me trasmitía su alegría y me hacía sentir un vivo placer en nuestras conversaciones. Desde entonces mi vida fue mucho más agradable, y de no haber temido por la presencia de los caníbales, me hubiera gustado terminar mi existencia en la isla al lado de Viernes.

Capítulo XII

La gente empieza a llegar

Uno de mis principales propósitos con respecto a la educación de Viernes se encaminó a desviarle sus inclinaciones caníbales y hacerlo gustar de mis viandas. Con tal fin, un día lo llevé al bosque, donde pensaba sacrificar uno de mis cabritos, pero en el trayecto encontré una cabra acompañada de dos crías que descansaban a la sombra de un árbol.

Le hice señas a Viernes para que se quedara quieto, y al mismo tiempo le disparé a uno de los cabritos, que cayó muerto. El espanto se reflejó en el rostro del pobre salvaje, que empezó a temblar como una hoja, mientras se abría la chaqueta para ver si él también estaba herido. Sin duda creyó que quería deshacerme de él, pues se puso de rodillas ante mí y pronunció muchas palabras que yo no entendí, a no ser que me suplicaba que no le matase.

Para tranquilizarlo lo tomé de la mano, señalándole el cabrito muerto para que fuera a recogerlo. Sin embargo, tardó mucho en volver en sí y, de habérselo permitido, de seguro que se habría puesto a adorar la escopeta y a mí. Durante varios días no se atrevió a tocarla, pero le hablaba en voz baja, y, según supe después, lo hacía para suplicarle que no le quitara la vida.

Esa misma tarde preparé con el cabrito un buen estofado, pasándole a Viernes una porción del mismo. Lo comió en cuanto vio que yo también lo hacía, dándome a entender por señas que lo encontraba bueno. Asimismo me dio a entender que la sal era mala, escupiendo unos granos que se llevó a la boca. Me costó bastante tiempo poder acostumbrarlo a comer las cosas condimentadas.

Al día siguiente le regalé unos trozos de la misma carne, pero asada sobre ascuas, tal como la había visto hacer en Inglaterra. Por sus gestos me dio a entender que la encontraba muy buena y que no volvería a comer carne humana.

Como tenía ya dos bocas que alimentar, resolví ampliar mis plantaciones, para lo que escogí un campo más extenso, cercándolo con la ayuda de Viernes. En estas labores demostró mucha habilidad y diligencia, ayudándome también a batir el trigo, limpiarlo y aventarlo.

Creo que aquél fue el año más agradable que pasé en la isla. Viernes ya conocía los nombres de casi todas las cosas y empezaba a hablar pasablemente el inglés. Mi criado me agradaba no sólo por su conversación, sino porque tenía un carácter excelente y me demostraba gran cariño y reconocimiento.

En cierta ocasión me entró la curiosidad de saber si Viernes echaba de menos a su país, motivo por el que empecé preguntándole si los de su pueblo no triunfaban alguna vez en los combates.

—Sí —me respondió—, nosotros combatir siempre lo mejor.

—Si ustedes combaten mejor, entonces, ¿cómo te hicieron prisionero?

—Ellos ser muchos más. Ellos coger uno, dos, tres y yo. Nosotros derrotar a ellos en otro sitio donde yo no estar. Allí nosotros coger muchos, mil.

—Dime, Viernes, ¿qué hace tu país con los prisioneros; se los come también?

—Sí; mi país también comérselos, y comérselos del todo.

—¿Los trae alguna vez aquí?

—Sí; aquí y a otros muchos lugares.

—¿Has venido aquí con tus hermanos?

—Sí, yo venir aquí —señalando con la mano hacia el noroeste de la isla.

Días después, cuando recorrimos juntos dicha parte de la isla, reconoció el lugar y me contó que en una oportunidad había ayudado a comer a veinte hombres, dos mujeres y un niño. Las cantidades las indicaba colocando piedras en la arena.

En tal oportunidad pude saber muchas cosas que me interesaban, como ser la relativa facilidad de llegar al continente y otras no menos interesantes, referentes a la vida de los pueblos de la costa. Así también me dijo que poco más adentro del mar había todas las mañanas el mismo viento y la misma corriente, los que por las tardes iban en dirección opuesta. Esto me hizo comprender que dicho fenómeno era producido por el río Orinoco, en cuya embocadura estaba situada mi isla, y que la tierra que vi al oeste y al noroeste era la gran isla de la Trinidad.

Pero lo que no pude conseguir fue que me dijera los nombres de los distintos pueblos vecinos, pues no me contestaba sino corbs, de lo que deduje que se trataba de los caribes. También me dijo que en la parte oeste de su país había hombres blancos y barbudos como yo, que habían matado muchos hombres, refiriéndose a los españoles.

Después le pregunté cómo podría arreglármelas para ir hacia aquel lugar, contestándome que lo podía hacer con dos canoas. Su respuesta me confundió en un comienzo, pero luego comprendí que entendía por ello una canoa que tuviese dos veces el tamaño de la mía.

En cuanto Viernes empezó a entenderme regularmente, le relaté mis aventuras, descubriéndole el secreto de la pólvora y enseñándole a manejar las armas. También le regalé un cuchillo, lo que le agradó muchísimo. Cuando vio la chalupa que habíamos perdido en el naufragio, se quedó muy serio y pensativo, para luego decirme:

—Yo ver también esa piragua en mi país.

En un comienzo no comprendí claramente lo que quería decirme, pero luego completó su información, añadiendo:

—Nosotros salvar todos los hombres blancos de ahogarse.

—Entonces, ¿había hombres en la chalupa? —le pregunté.

—Sí —respondió—, la piragua estar llena de hombres blancos.

Luego me dio a entender, contando con los dedos, que eran diecisiete, y que desde hacía cuatro años vivían con ellos. Al preguntarle por qué no se los habían comido, me respondió que su país sólo mataba a los enemigos que caían prisioneros.

Después de bastante tiempo, sucedió que estando en la cima de la colina, hacia la parte del este, distinguimos con claridad el continente americano. Entonces Viernes rompió a dar saltos y a hacer piruetas. Al preguntarle por la causa de tales transportes, gritó con todas sus fuerzas:

—¡Qué alegría! ¡Allí estar mis hermanos, allí mi país!

El excesivo entusiasmo demostrado por Viernes no dejó de preocuparme, pensando que si se le presentaba la ocasión de regresar a su país, pronto echaría al olvido todo cuanto yo le había enseñado, volviendo a sus antiguas costumbres, y hasta imaginé que traería a sus compañeros para regalarles con mi carne. Esto me hizo ser menos comedido con él y durante algunas semanas lo traté fríamente.

Sin embargo, el tiempo se encargó de convencerme de mi engaño con respecto a la conducta de aquel sano muchacho, cosa que no dejó de mortificarme. Un día, mientras paseábamos, le pregunté si al regresar a su país volvería a sus antiguas costumbres de comer carne humana. La pregunta pareció disgustarle, pues meneando la cabeza me replicó que más bien les enseñaría todo lo que de mí había aprendido. Luego añadió que ya practicaban muchas costumbres de los hombres blancos y barbudos. Asimismo me dijo que sólo iría si yo lo acompañaba, contándome para mi tranquilidad todas las bondades que habían tenido para con dichos náufragos.

A partir de ese momento decidí realizar la travesía, con el propósito de reunirme con aquellos blancos, a quienes suponía ser españoles o portugueses. Para tal fin le dije a Viernes que deberíamos construir una canoa tan grande como aquella que muchos años atrás labré, sin conseguir botarla al agua. Luego le manifesté mi intención de que volviera solo a su país, lo que lo desesperó tanto que, entregándome una de las hachas que solía portar, me dijo:

—Tú matar Viernes, pero no enviar Viernes solo a mi país.

Pronunció dichas palabras con los ojos llenos de lágrimas y en un tono tan conmovedor, que me convencí plenamente del gran cariño que me tenía, prometiéndole entonces no deshacerme de él en contra de su voluntad.

Después de dedicarnos a buscar un árbol apropiado para la construcción de la canoa y que estuviera lo bastante próximo a la playa, Viernes descubrió uno cuya madera me era desconocida. Trabajamos durante un mes en ahuecarlo y luego le dimos forma de chalupa. Para echarla al agua nos valimos de unos rodillos de madera, demorando en ello quince días. Todavía resolví añadirle un palo y una vela. En cuanto al palo, Viernes taló un cedro joven y recto. En lo que se refiere a la vela, tuve que trabajar con gran empeño para fabricarla con dos tiras de lona. Aun hube de labrar un timón para ajustarlo a popa, con lo cual la embarcación quedó concluida.

Cierta mañana, mientras arreglaba los últimos detalles de la ambicionada travesía, mandé a Viernes a la playa para que cogiera alguna tortuga. Apenas hacía un rato que había salido, cuando le vi volver a toda carrera, y sin darme tiempo para preguntarle nada exclamó:

—¡Amo, amo! ¡Oh, pena! ¡Oh, maldad!

—¿Qué sucede? —le pregunté.

—Allá abajo haber una, dos, tres canoas —respondió—; una, dos, tres..

—¡Ánimo, Viernes! —le dije—. Yo corro el mismo riesgo que tú. ¿Sabes pelear, hijo mío?

—Yo tirar —contestó—; pero allá venir muchos.

—¿Qué importa? —le dije—; nuestras escopetas asustarán a los que no queden muertos.

Luego de que nos pertrechamos con todas nuestras armas, trepé a la colina provisto del catalejo para ver lo que sucedía en la playa. Inmediatamente pude distinguir a nuestros enemigos, que eran veintiuno, con tres prisioneros. Habían venido en tres canoas y desembarcado en un lugar mucho más próximo del que se había escapado Viernes. Allí la costa era baja y el bosque se extendía casi hasta el mar, descubrimiento que me dio nuevos ánimos. Buscando hacia la derecha un camino para cruzar la bahía, le ordené a mi esclavo que me siguiera y que no hiciera ningún movimiento sin que yo se lo mandase.

Entré en el bosque con la mayor precaución y silencio posibles, mientras Viernes me seguía. Avanzando hasta un lugar en que ya no quedaba sino una pequeña punta de bosque entre los salvajes y nosotros, le ordené a Viernes que trepara en un árbol muy alto para que les observara todos sus movimientos.

Al momento me informó que los salvajes estaban sentados alrededor de la hoguera, regalándose con la carne de una de sus víctimas. Asimismo, me dijo que uno de los prisioneros estaba tendido en la arena, esperando su turno, y que no era de los de su país, sino de los hombres blancos de que me había hablado. Este último detalle hizo que mi furor aumentara, pero supe controlar mi indignación a fin de aproximarme, deslizándome por entre unas malezas, hasta un árbol que se encontraba a escasa distancia de los salvajes.

Una vez que me hube arrastrado hasta el pie del árbol, vi que no había que perder un solo momento, pues diecinueve de aquellos bárbaros estaban sentados en el suelo, apretujados entre sí, habiendo mandado a dos de ellos para que sin duda sacrificaran al pobre cristiano. Ya le estaban desatando los pies, cuando me volví a Viernes y le dije:

—Ahora haz exactamente lo que me veas hacer, sin faltar en nada.

Acto seguido dejé en tierra uno de los mosquetes y una de las escopetas de caza, lo que también hizo Viernes. Luego, con el otro mosquete apunté a los salvajes, ordenándole que hiciera igual cosa.

—¿Estás listo? —le pregunté.

—Sí —respondió.

—Pues, ¡fuego sobre ellos! —y disparamos los dos.

Viernes hizo la puntería mucho mejor que yo, pues mató a dos e hirió a tres, mientras que por mi parte sólo maté a uno y herí a dos. Es difícil describir el terror que se apoderó de los salvajes. Todos los que no fueron heridos se levantaron precipitadamente, pero sin saber hacia dónde huir, pues no sabían de qué lado les llegaba la muerte. Inmediatamente después de mi primera descarga dejé el mosquete para tomar la escopeta, mientras que Viernes me imitaba en todo.

—¿Estás pronto? —volví a preguntarle.

—Sí —respondió.

—Pues, ¡fuego en nombre de Dios! —y disparamos al mismo tiempo sobre la espantada cuadrilla.

Como las escopetas sólo estaban cargadas con municiones gruesas, no cayeron más que dos; pero herimos a tantos, que los vimos correr de un lado a otro, cubiertos de sangre y profiriendo alaridos, para luego desplomarse, medio muertos, tres de ellos. En el acto me lancé fuera del bosque, esgrimiendo el segundo mosquete y seguido a pocos pasos por Viernes.

En cuanto los caníbales nos vieron proferí un grito terrible, imitado por mi esclavo, y corrí todo lo rápido que pude hacia el lugar en que yacía la pobre víctima, tendida en la arena. Entretanto los dos carniceros que iban a sacrificarlo lo habían abandonado al oír nuestra primera descarga, corriendo hacia sus canoas en la orilla.

Mientras Viernes hacía fuego sobre ellos con buena suerte, saqué mi cuchillo para cortar las ligaduras que sujetaban de pies y manos a la víctima, sentándola luego y preguntándole en portugués quién era. Me contestó en latín: Christianus; mas se encontraba tan débil que le costaba trabajo sostenerse y hablar. Saqué luego la botella, haciéndole señas para que bebiese, cosa que realizó; también comió un pedazo de pan que le ofrecí.

Una vez que se hubo recobrado un poco, me dio a entender su agradecimiento y que era español. Valiéndome entonces de todo lo que sabía de ese idioma, le expresé:

—Señor, ya hablaremos más adelante. Si aún os quedan algunas fuerzas, combatid con nosotros —mientras le entregaba una pistola y un sable.

Parece que la posesión de aquellas armas le devolvió las energías, pues en un instante cayó sobre los salvajes, derribando a dos a sablazos. Cierto es que éstos apenas se defendían, aterrados como estaban por el ruido de nuestras armas.

Entretanto Viernes, que se hallaba bastante lejos para recibir mis órdenes, perseguía a los salvajes esgrimiendo el hacha, rematando primero a tres de los que habían sido heridos por nuestras descargas y luego a los que consiguió dar alcance. El español, por su parte, tomó una de las escopetas que yo había cargado, con la que logró herir a dos salvajes, los que huyeron hacia el bosque. Viernes dio alcance a uno de ellos, matándolo, pero como el segundo era demasiado ágil, consiguió escapar hacia el mar y tirarse al agua, llegando a nado hasta la canoa en la que se habían embarcado tres de sus compañeros, uno de ellos herido. Esos cuatro caníbales fueron los únicos que se salvaron de la muerte.

Como los de la canoa se habían puesto fuera del alcance de nuestras armas, Viernes me pidió que los siguiéramos en otra de las piraguas, ya que si lograban llegar a sus costas era muy probable que regresaran en algunas centenares de canoaa para destruirnos irremediablemente.

Asentí a su pedido por encontrarlo muy razonable, penetrando en una de las piraguas, seguido por Viernes. Grande fue mi sorpresa al descubrir en el fondo de la embarcación a otro prisionero, igualmente amarrado y muerto de espanto, pues no sabía lo que había sucedido fuera. De imediato procedí a cortar las cuerdas que lo sujetaban e intenté incorporarlo, pero apenas le quedaban fuerzas para proferir gritos lastimeros, creyendo sin duda que había llegado su fin.

Cuando Viernes se acercó, le ordené que le diera un trago de ron y que le comunicara su libertad, cosas ambas que lo reanimaron al extremo de que logró sentarse en la canoa. Pero lo interesante fue que Viernes, en cuanto lo oyó hablar y pudo observarlo con más cuidado, empezó a abrazarlo con tal efusión que hubiera sido imposible contener las lágrimas. Después se puso a cantar y bailar, retorciéndose los brazos, riendo y llorando al mismo tiempo.

Volvió a repetir los mismos bailes y cantos, golpeándose la cara y la cabeza con ambas manos, entrando y saliendo de la canoa como hombre que ha perdido la razón. Al poco rato se calmó un tanto y pudo hablar, para explicarme que aquel salvaje... ¡era su padre!

El feliz incidente hizo que nos olvidáramos de perseguir a los de la canoa, lo que fue una gran suerte para nosotros, pues dos horas después se desató un fuerte viento que nos hubiera sorprendido en alta mar. Durante toda la noche sopló del noroeste, o sea que les fue contrario a los salvajes, los que sin duda alguna naufragaron en su frágil embarcación.

Capítulo XIII
La salida se aproxima

Habiendo aumentado así el número de mis súbditos, la isla se encontraba poblada, lo que era para mí muy satisfactorio por considerarme en ella como un pequeño monarca absoluto. En realidad, las tierras de la isla constituían, por mil títulos, el conjunto de mis dominios. Mis sumisos vasallos me debían todos ellos la vida, lo cual los obligaba de su parte a arriesgar también la suya en caso de que mi seguridad así lo exigiera.

Una vez que hube alojado cómodamente a mis dos nuevos compañeros, resolví que repusieran sus fuerzas con una abundante comida. Para ello encargué a Viernes que fuera al rebaño por un cabrito joven, con el que les preparé un suculento caldo y un rico estofado.

Les serví en la tienda, sentándome al lado de mis nuevos huéspedes, a quienes atendí en la mejor forma, valiéndome de Viernes como intérprete, tanto para con su padre como para con el español, quien hablaba muy bien la lengua de los nativos.

Terminada la comida, mandé a mi esclavo en la canoa para que fuera por nuestras armas de fuego que habían quedado abandonadas en el lugar de la lucha. Asimismo, le ordené que al día siguiente procediera a enterrar los muertos y restos del festín que cubrían la playa. Lo hizo esto tan bien, que no sólo no quedó vestigio del combate, sino que no me hubiera sido posible reconocer después el lugar exacto, a no ser por la punta del bosque que avanzaba hacia la costa.

Luego consideré oportuno iniciar charlas con mis nuevos súbditos, empezando a hacerlo con el padre de Viernes. Le pregunté cuál era su opinión sobre los salvajes que se habían fugado y si debíamos temer su regreso a la isla. A esto me contestó que lo más probable era que hubieran naufragado por la tempestad, a no ser que hubiesen sido arrastrados hacia el sur, en cuyo caso y con toda seguridad serían devorados por otros pueblos caníbales.

Mas, por lo que se refiere a que hubieran tenido la suerte de llegar hasta sus costas, los creía lo bastante atemorizados y confundidos por el fuego y el estruendo de nuestras armas como para que se atreviesen a regresar. De esto decía estar muy seguro, pues había oído a los fugitivos preguntarse sorprendidos cómo los hombres podían lanzar rayos, hablar tronando y matar a gran distancia sin siquiera levantar las manos, como ellos los habían visto hacer.

Sin embargo, y aunque el viejo tenía razón en todo cuanto dijo, pues luego supe que habían llegado a sus costas para atemorizar a los demás con el relato de su diabólica destrucción, permanecí en guardia durante algún tiempo y mantuve a mis tropas sobre las armas. Pero luego mis temores se desvanecieron y empecé a planear un viaje al continente alentado por las seguridades que me daba el padre de Viernes sobre el buen recibimiento que tendría de parte de los salvajes de su tribu.

No obstante, por una charla detallada que tuve con el español, fui postergando la realización de dichos planes. Me dijo que había dejado en el continente a dieciséis cristianos, náufragos como él, que se habían salvado en esas costas, pero que apenas conseguían provisiones para no morirse de hambre. Me relató que aquella tribu era menos feroz que las demás y que vivían sin correr mayores riesgos, pero carentes de todo. Asimismo me contó que tenían algunas armas consigo, pero que les resultaban inútiles por falta de pólvora y municiones, pues sólo salvaron una pequeña cantidad que consumieron en los primeros días al ir de caza.

—¿Y qué será de ellos finalmente? —le pregunté—. ¿Nunca han expresado deseos de salir de allí?

Me contestó que varias veces lo habían pensado; pero que no tenían una embarcación ni herramientas para construirla, y que todos sus proyectos terminaban en lágrimas y lamentaciones.

Le interrogué que cómo podría hacerles llegar un ofrecimiento referente a su liberación, y si pensaba que no sería difícil conseguirla trayéndolos a todos a mis dominios.

—Aunque bien es cierto —agregué— que temo mucho una traición, pues la gratitud no es virtud frecuente entre los hombres. Para mí sería muy duro si, en premio por haberles ayudado, me llevasen como prisionero a Nueva España, donde todo inglés que llega allí sufre el peor de los destinos. A no ser por eso —concluí—, me sería fácil que entre todos construyéramos una embarcación para trasladarnos al Brasil, o bien a las islas españolas del norte.

Luego de escucharme con toda atención, me respondió el español que dicha gente era tan desgraciada, que estaba seguro de que les repugnaría la sola idea de retribuir así a un hombre que les había devuelto la libertad.

—Si lo juzgáis conveniente —prosiguió—, yo iré con el viejo para proponerles vuestros planes y os traeré la respuesta. Pero antes de entrar en trato alguno con ellos, les haré jurar por los Santos Sacramentos y el Evangelio que os reconocen como su comandante y que se obligan a seguiros a cualquier país cristiano que tengáis a bien elegir. Algo más: sobre todo esto, pienso traeros un contrato formal y firmado por todos ellos.

Para inspirarme aun mayor confianza, me ofreció prestarme juramento antes de marcharse, comprometiéndose a no abandonarme nunca sin mi consentimiento y a defenderme con su sangre si sus compañeros llegaban a faltar a sus promesas.

Ante tales seguridades, resolví trabajar por su felicidad y enviarlo con el anciano salvaje para tratar con los demás náufragos. Pero cuando las cosas estuvieron arregladas para la partida, el mismo español me opuso un inconveniente en el que descubrí tanta prudencia y honestidad, que quedé muy satisfecho de él.

Como ya hacía un mes que estaba con nosotros y conocía todas mis provisiones y reservas, me aconsejó que aplazáramos el viaje por unos seis meses, pues comprendía que los granos existentes no bastarían para alimentar a tantos hombres. Su consejo era que roturáramos nuevas tierras para sembrar todo el grano sobrante y esperar una nueva cosecha antes de llamar a sus compañeros.

—La escasez —me dijo muy prudentemente— podria llevarlos a la rebelión, y argumentarían haber salido de una desgracia para caer en otra, aunque sin duda que juzgando las cosas muy injustamente.

Tal consejo me pareció muy razonable y resolví seguirlo. Al cabo de un mes de labrar la tierra, ayudado por mis tres vasallos, conseguimos roturar lo suficiente para sembrar veintidós celemines de trigo y dieciséis jarras de arroz, reservándonos sólo lo indispensable para esperar hasta la próxima cosecha.

Igualmente procuré incrementar mis rebaños, para lo que unas veces iba de caza con Viernes y otras lo mandaba con el español, llegando a coger un total de veintidós cabritos. También ordené que colgaran una gran cantidad de racimos, pues había llegado la época de la vendimia y dicha fruta constituía una buena parte de nuestros alimentos.

La época de la cosecha nos dio unos granos hermosos y abundantes. Los veintidós celemines de trigo que sembramos rindieron doscientos veinte, multiplicándose el arroz en igual proporción. Luego de recolectado dicho grano empezamos a construir cuatro grandes silos donde conservarlo, arte en el que el español demostró gran pericia.

Terminadas estas labores y otros preparativos, autoricé al español para que fuera por sus compatriotas, dándole la orden de no traer a ninguno sin haberle hecho jurar antes, en presencia suya y del viejo salvaje, que no atacarían al señor de la isla ni le causarían el menor disgusto, sino, por el contrario, lo defenderían en cualquier circunstancia como a su protector, obedeciéndole y siguiéndole al lugar que estimare conveniente llevarles.

Todo esto debería estar formalmente firmado por ellos, como había sugerido el propio español, sin pensar que según todas las probabilidades no deberían tener tinta ni papel.

A cada uno de ellos le di un mosquete y ocho cargas de pólvora y municiones, recomendándoles que sólo las usaran en caso de extrema urgencia. Asimismo, les entregué una buena provisión de pan y pasas, suficientes para mis "embajadores" y los españoles. Convinimos, finalmente, una señal que habrían de poner en la canoa para facilitarme su reconocimiento cuando estuviesen de vuelta.

Con estos preparativos les deseé buen viaje, saltando ambos a la misma canoa que meses antes los había traído para ser devorados por los caníbales en mi isla.

Pasaban ya ocho días que yo esperaba el regreso de mis mensajeros, cuando me sucedió una aventura tan extraña que acaso no tenga otra equivalente en historia alguna. Era bien de madrugada, pues aún estaba durmiendo profundamente en mi cama, cuando irrumpió Viernes, gritando:

—¡Amo, amo, han vuelto!

Salté de mi cama y me vestí para salir luego por el bosque, olvidándome hasta de llevar mis armas.

Grande sí fue mi sorpresa al descubrir en el mar, a poco más o menos legua y media de distancia, una chalupa con una vela triangular que se aproximaba por la parte sur de la isla. Le indiqué a Viernes que no hiciera ningún movimiento, ya que no sabíamos de quiénes se trataba, dirigiéndome en busca del catalejo. En cuanto hube trepado a lo alto de la roca, como era mi costumbre en casos de peligro, descubrí claramente un buque anclado a unas dos millas y media al sudoeste, reconociendo por su estructura que era inglés.

La visión me impresionó mucho, pero, aunque me alegré al pensar que la tripulación fuese tal vez de mi país, extraños presentimientos se apoderaron de mi espíritu, obligándome a ser prudente. La ruta no era la acostumbrada por los barcos ingleses que comerciaban regularmente, ni tampoco se había desatado tempestad alguna capaz de llevarlo hacia aquellas costas. Era, pues, preferible seguir en la soledad antes que caer en manos de asaltantes y asesinos.

Al poco rato la chalupa llegó a la costa, atracando en la arena a cosa de medio cuarto de milla de mi castillo. Luego reconocí que eran ingleses en su mayor parte, pues dos parecían ser holandeses, aunque después vi que me había engañado. Entre todos eran once hombres, tres de los cuales estaban desarmados y amarrados, según pude observar. Cuando saltaron a la playa, vi que uno de estos últimos daba muestras de un dolor y una desesperación rayanos en la extravagancia. Los otros dos se mantenían más serenos, aunque de cuando en cuando alzaban las manos al cielo.

Mientras me hallaba desconcertado, pensando en el motivo de aquella escena, Viernes exclamó en su mal inglés:

—¡Oh, amo! Ahora ver hombres ingleses comer prisioneros como hombres salvajes. Ver tú, ellos querer comerlos.

—¡No, no, Viernes! —le contesté con vehemencia—; temo que los maten, pero estoy seguro de que no los devorarán.

Sin embargo, yo estaba desesperado y por momentos temía que los asesinaran, pues vi cómo uno de aquellos bandidos levantaba amenazadoramente un sable para herir a uno de los desgraciados. En esos momentos lamentaba no tener a mi lado al español y al anciano salvaje, anhelando conseguir un medio para llegar a tiro de fusil de aquellos indignos ingleses, que aparentemente no portaban armas de fuego.

Como habían arribado a la playa a la hora de la pleamar y se entretuvieron recorriendo algunos rincones de la isla, resulta que empezó el reflujo y las aguas se retiraron, dejando en seco la chalupa. En ella sólo habían quedado dos hombres que a fuerza de beber aguardiente se durmieron profundamente. Cuando despertó uno de ellos y vio que la chalupa estaba hundida en la arena, empezó a llamar a los demás a grandes voces; pero los esfuerzos de todos resultaron nulos por el gran peso de la embarcación. Entonces resolvieron no preocuparse más del asunto y esperar hasta que la próxima marea la pusiera nuevamente a flote.

Como yo sabía que esto no sucedería antes de las diez de la noche, aproveché el tiempo para alistarme para el combate, haciéndolo con el mayor cuidado, puesto que tendría que habérmelas con enemigos muy superiores a los que había tenido en el pasado. A Viernes le di tres mosquetes, esperando de él una gran ayuda, pues tiraba con una extraordinaria puntería. Por mi parte tomé dos escopetas, un par de pistolas y el sable desenvainado que colgué del cinto.

Mi plan era actuar en la noche; pero a eso de las dos de la tarde vi que todos los bandidos se habían internado a los bosques, al parecer para descansar. Mientras tanto los prisioneros se recostaron a la sombra de un árbol, fuera del alcance de la vista de los demás y bastante próximos a mi fortaleza. Entonces resolví descubrirme a ellos, para lo que me puse en marcha, seguido a pocos pasos por Viernes. En cuanto estuve a su lado, les dije en español :

—¿Quiénes sois, caballeros?

Mis palabras los dejaron atónitos, y vi que se preparaban para huir, cuando les dije en inglés:

—Caballeros, nada temáis. Tal vez sin esperarlo habéis encontrado aquí a un amigo.

—Nos lo habrá enviado el Cielo —respondió gravemente uno de ellos, quitándose el sombrero—; pues nuestras desgracias son superiores a todo socorro humano.

—Todo socorro viene del Cielo, caballero —le repliqué—. ¿No queréis indicar a un extraño la manera de socorreros? Porque he visto cómo uno de vuestros verdugos desenvainaba el sable para amenazaros.

—¿Hablo a un ángel o a un mortal? —preguntó el pobre hombre, todo trémulo y con el rostro bañado en lágrimas.

—No os preocupéis —le respondí—; si Dios hubiera enviado a un ángel en vuestro socorro, se presentaría mejor vestido y armado que yo. Soy un hombre, un inglés dispuesto a ayudaros. Explicadme ahora la desgracia que os aflige.

—¡Ah, señor! —repuso—; sería muy largo hacerlo, mucho más estando tan cerca nuestros enemigos. Pero en pocas palabras os diré que he sido capitán del buque que veis; la tripulación se ha amotinado contra mí, casi me han asesinado, y ahora han resuelto abandonarme en esta isla desierta con estos dos hombres, uno de lo cuales es mi contramaestre y un pasajero el otro.

—¿En dónde están los rebeldes bribones? —le pregunté.

—Están tendidos allí —me contestó, señalándome un bosquecillo—; pero tiemblo al pensar que hayan podido oírnos, pues en ese caso nos asesinarían sin compasión.

Entonces le pregunté si tenían arrnas de fuego, a lo que me dijo que no llevaban sino dos escopetas, una de las cuales había quedado en la chalupa.

—Dejadme actuar entonces —le repliqué—. Veo que todos están dormidos y será fácil matarlos; a no ser que los hagamos prisioneros.

En el acto me explicó que había dos granujas en el grupo, de quienes deberíamos cuidarnos, pero que si se los reducía a la inacción, los demás fácilmente volverían al buen camino, añadiendo que aunque desde tan lejos no podía señalármelos, estaba dispuesto a seguirme si así se lo mandaba.

—Vamos —le dije—; empezaremos por retirarnos a un lugar seguro, donde podamos deliberar sin peligro de que nos vean al despertarse —y una vez que me siguieron hasta el bosque, proseguí—: Escuchad, caballero. Ofrezco arriesgarlo todo para salvaros, pero pido que cumpláis con dos condiciones mías.

Me interrumpió para asegurarme que si recuperaba su libertad y su barco, dedicaría una y otro a demostrarme su agradecimiento, y que si sólo conseguía el primero de esos bienes, estaba dispuesto a vivir y morir a mi lado en cualquier parte del mundo donde yo quisiera llevarle. Iguales seguridades me ofrecieron sus dos compañeros.

—Atended mis condiciones —volví a decirles—. La primera consiste en que mientras permanezcáis en mi isla renunciaréis a toda autoridad, debiendo ser obedientes a mis órdenes, y si os entrego armas me las devolveréis en cuanto yo así lo estime conveniente. La segunda es que si recobráis el buque, me llevaréis a Inglaterra con mi sirviente sin cobrarme nada por el pasaje.

Una vez que me lo prometió todo en la forma más agradecida, le entregué tres mosquetes con pólvora y balas, preguntándole en qué forma creía conveniente dirigir la empresa, a lo que me respondió que se limitaría a cumplir estrictamente mis órdenes. Entonces le expresé que, a mi modo de ver, lo mejor era que hiciéramos fuego sobre ellos aprovechando que dormían. Pero me replicó muy respetuosamente que le desagradaría matarlos si había medio de evitarlo.

—Aunque en cuanto a esos dos incorregibles bribones de que os he hablado —siguió diciendo— y que fueron los promotores del motín, si logran escapar estaremos perdidos, pues traerán a los demás hombres del barco para exterminarnos.

—Entonces —le repondí— debemos atenernos a mi primer parecer, pues la acción queda legitimada por la necesidad imperiosa.

Sin embargo, advirtiendo su repugnancia a derramar sangre, le dije que con sus compañeros tomara la delantera para proceder de acuerdo con su criterio.

Pero en ese momento vimos que se levantaban tres marineros y se separaban del grupo. Pregunté al capitán si alguno era de los cabecillas del motín, contestándome que no.

—Muy bien —decidí—, puesto que la Providencia parece haber intervenido para salvarles la vida, dejémosles escapar. Sobre los demás, la culpa será vuestra si también lo hacen.

Animado por mis palabras, se adelantó con el mosquete al brazo y una de las pistolas en el cinturón, seguido por sus dos compañeros, igualmente armados de mosquetes. Pero como hicieron un poco de ruido, se despertaron dos de los que estaban recostados, mientras que los nuestros dispararon sus armas.

El capitán apuntó a los jefes amotinados, matando a uno e hiriendo gravemente a otro. Este último todavía se incorporó y empezó a pedir auxilio, pero el capitán le dijo que era tarde para ello y que más bien pidiera perdón a Dios por su traición, rematándolo de un culatazo.

Los tres que quedaban, uno de los cuales estaba levemente herido, pidieron cuartel, a lo que accedió el capitán, siempre que renegaran de sus fechorías y se comprometieran a ayudarle a recuperar el buque. Expresáronle su mayor arrepentimiento y voluntad de servirle, con lo que el capitán les perdonó la vida, medida que aprobé no sin antes exigir que quedaran amarrados de pies y manos mientras permanecieran en la isla.

Al mismo tiempo, los tres marineros, que por suerte se habían separado del grupo, volvieron al ruido de las armas, y viendo que su capitán, de prisionero se había convertido en vencedor, se sometieron a su autoridad, aceptando permanecer amarrados como los demás.

Una vez que Viernes, ayudado por el contramaestre, llevó la chalupa a lugar seguro, quitándole las velas y los remos, conduje al capitán con sus dos compañeros al castillo, donde los agasajé con una gran variedad de refrescos.

Capítulo XIV

La estrategia del "gobernador"

Con el capitán estuvimos de acuerdo en que lo que nos correspondía de inmediato era tratar de recuperar el barco, por más que me confesó ignorar los medios para conseguirlo.

—Todavía quedan a bordo veintiséis hombres —me dijo—, los que, sabiendo que merecen la horca por sus fechorías, se defenderán obstinadamente. ¿Cómo atacarlos, pues, con un número muy inferior al de ellos?

Encontré muy justas sus reflexiones y comprendí que sólo podríamos tenderles algún lazo para evitar que desembarcasen y nos matasen a todos. Estaba seguro de que los tripulantes no tardarían en lanzar al agua otra chalupa para ver lo que les había sucedido a sus compañeros, temiendo que vinieran en un número muy grande para poder resistirlos.

Como primera medida resolvimos echar a pique la chalupa que teníamos, para que no pudieran llevársela, procediendo de inmediato a quitar todo cuanto en ella había. Entre otras cosas retiramos un pan de azúcar de unas seis libras, hallazgo que me agradó mucho, pues ya casi había olvidado su sabor. Luego practicamos un gran boquete en el fondo de la chalupa y, no contentos con eso, la arrastramos entre todos lo más lejos posible de la orilla, a fin de que la marea no pudiera hacerla flotar.

Cuando nos encontrábamos dedicados a dicha tarea, escuchamos un cañonazo y que al mismo tiempo llamaban a bordo la barca; pero, como es de suponer y por más que repitieron los cañonazos, la chalupa no obedeció al llamado...

En ese mismo momento pudimos ver, con ayuda del catalejo, que lanzaban al agua la otra chalupa, la que a fuerza de remos se dirigía hacia la playa. Cuando estuvieron más cerca, distinguimos que los marineros eran diez y que estaban armados, y al poco rato el capitán logró individualizarlos. Entonces me dijo que veía entre ellos a tres buenos muchachos a quienes los habrían inducido a amotinarse, pero que el segundo contramaestre que gobernaba la chalupa y el resto de los tripulantes eran los más bandidos y había que temer que nos vencieran.

Le contesté sonriendo que la única dificultad que encontraba consistía en esos tres o cuatro hombres honrados que venían en el grupo y cuya muerte habría que evitar.

—Porque —añadí— le aseguro que seremos dueños de la vida y muerte de todos cuantos desembarquen.

Dichas palabras, pronunciadas con voz firme, le dieron valor al capitán y empezamos a prepararnos para recibirlos. En primer lugar, dispuse que Viernes y uno de los hombres condujeran a los dos prisioneros más peligrosos a mi gruta, en donde era imposible que fueran descubiertos; esto, no sin antes prevenirles que a la menor tentativa de fuga serían liquidados.

Otros dos fueron amarrados, pues eran algo sospechosos, pero los tres restantes quedaron bajo mis órdenes, por recomendación del capitán, previo juramento de fidelidad. En esta forma, nuestras fuerzas estaban compuestas de siete hombres bien armados, no dudando yo de que nos hallábamos en condiciones de vencer al enemigo.

No bien saltaron a la playa, lo primero que hicieron fue correr hacia la otra chalupa, notando nosotros la sorpresa que les causó verla perforada y desprovista de todo su aparejo.

Después de proferir en coro dos o tres gritos, formaron en círculo e hicieron una descarga general que retumbó en el bosque.

Al no descubrir la menor señal de vida de sus compañeros, tomaron la resolución de volver a bordo para informar que la primera chalupa se había ido a pique, según luego nos dijeron, y que de seguro todos habían muerto. Pero no bien hubieron dejado la orilla, cuando les vimos regresar otra vez, porque aparentemente habían deliberado sobre algún nuevo plan para encontrar a sus compañeros.

Quedaron tres en la chalupa y los otros siete bajaron a tierra, lo que no dejó de parecerme un grave inconveniente para nosotros, mucho más cuando vi que la embarcación se alejaba para anclar a poca distancia de allí.

Los que habían bajado a la playa se encaminaron hacia lo alto de la colina, desde donde podían divisar gran parte de la isla, empezando nuevamente a gritar con todas sus fuerzas, después de lo cual se sentaron para cambiar nuevas impresiones. El capitán pensó que tal vez harían una segunda descarga con sus armas, proponiéndome que cayéramos de inmediato sobre ellos, obligándoles así a rendirse, idea que me pareció estupenda. Pero dicha esperanza se desvaneció, pues después de esperar largo tiempo el resultado de sus deliberaciones, se levantaron para encaminarse lentamente hacia el mar. En ese mismo momento se me ocurrió una estratagema para hacerles volver sobre sus pasos, la que me dio muy buen resultado.

Ordené a Viernes y al contramaestre que cruzasen la pequeña bahía hacia el sitio donde había salvado a mi esclavo, recomendándoles que desde la cumbre de alguna colina gritasen con todas sus fuerzas hasta tener la seguridad de haber sido oídos por los amotinados; que en cuanto éstos les hubieran respondido, profirieran nuevos gritos, manteniéndose siempre escondidos y regresando en círculo, gritando desde las peñas a fin de atraerlos hacia lo profundo de los bosques, y que luego volvieran hacia donde estábamos nosotros.

Cuando nuestros enemigos penetraron en la chalupa, se oyó el primer grito de la gente que destacamos, lo que los hizo saltar nuevamente a tierra y encaminarse corriendo hacia el oeste, lugar de donde habían salido las voces. Luego fueron detenidos por la bahía, que no pudieron cruzar, lo que los obligó a mandar por la chalupa, como yo tenía previsto. En ésta pasaron al otro lado de la bahía, dejándola luego al cuidado de sólo dos hombres, quienes la sujetaron al tronco de un árbol.

Como eso era lo que yo esperaba, con el resto de mi gente di un gran rodeo para llegar al otro lado de la bahía, sorprendiendo a los de la chalupa. Uno de los hombres se había quedado dentro, mientras el otro se hallaba tendido en la arena, medio dormido. Al ruido de nuestros pasos se despertó sobresaltado, pero el capitán se abalanzó sobre él, dándole un golpe con la culata de su escopeta, mientras le gritaba al que se había quedado en la chalupa que se entregara o sería muerto.

Éste, viéndose rodeado por cinco hombres, con su compañero sin vida, y siendo además de aquellos de quienes me había hablado bien el capitán, no sólo se rindió fácilmente, sino que se unió a nosotros para servirnos con gran fidelidad.

Entretanto, el contramaestre y Viernes habían ejecutado muy bien los planes, y estaban bastante rendidos cuando regresaron. Los marineros no volvieron a la chalupa sino horas después que aquéllos, oyéndoles decir que estaban medio muertos de cansancio, noticia que nos complació mucho. El asombro que se apoderó de ellos al no encontrar a los guardias que dejaron en la chalupa es indescriptible. De nuevo empezaron a vocear, llamando a sus dos compañeros por sus nombres, y a lamentarse a gritos, diciendo encontrarse en una isla encantada.

Aunque mis hombres tenían ganas de echárseles encima todos juntos, decidí esperar para cogerlos sin exponer la vida de ninguno, limitándome a ordenar que estrechásemos más el cerco a fin de que no se nos escapasen. Indiqué a Viernes y al capitán que se arrastraran hasta ponerse lo más cerca posible de ellos, pero sin dejarse descubrir.

Llevaban poco tiempo en acecho, cuando aquel segundo contramaestre, que era el jefe de los amotinados, se encaminó hacia aquel lado con dos de sus compañeros, recibiendo una descarga que lo mató en el acto e hirió mortalmente en el vientre a uno de aquéllos. El tercero salió corriendo desalado.

Al estruendo producido por las armas, avancé con todas mis tropas, que estaban compuestas de ocho hombres: yo era el generalísimo, Viernes mi lugarteniente, teniendo como soldados al capitán con sus dos compañeros y a los tres prisioneros juramentados a quienes yo había entregado fusiles.

Como la noche era oscura y el enemigo no podía conocer nuestro número, ordené al tripulante que habíamos hecho prisionero en la chalupa y que ya era de los nuestros que los llamara por sus nombres para ofrecerles capitulación, estratagema que me dio muy buen resultado.

—¡Eh, Thomas Smith! ¡Thomas Smith! —empezó a gritar muy fuerte.

—¿Eres tú, Johnson? ¿Eres tú...? —respondió el aludido, pues le había reconocido la voz.

—¡Sí, sí! ¡Deponed las armas en nombre de Dios! Si no lo hacéis os matarán a todos en el acto.

—¿Ante quién hemos de rendirnos? ¿En dónde estáis? —preguntó Smith.

—Aquí —respondió Johnson—. Está el capitán con cincuenta hombres y ya llevan dos horas en vuestra busca. Ha muerto el segundo contramaestre y William Frie está agonizando. Me han hecho prisionero, y si no os rendís, estáis perdidos. ¡Os lo aseguro!

—¿Nos darán cuartel si deponemos las armas? —volvió a preguntar.

—No lo sé, voy a preguntárselo al capitán —repuso Johnson.

—¿Reconocéis mi voz?... —habló el capitán—. Pues bien, si deponéis las armas os salvaréis todos, excepto uno: William Atkins.

—Capitán, por amor de Dios —exclamó ahora éste—, perdóneme la vida. ¿Qué he hecho yo que no hayan hecho los otros?

Aunque el tal Atkins no decía la verdad, el capitán estaba dispuesto a extremar su indulgencia, diciéndole entonces que él nada podía prometer, que debía rendirse y luego apelar a la bondad del gobernador de la isla, título con el que me designaba...

Al cabo todos se sometieron, y envié a Johnson con dos más para que los amarrasen, después de lo cual mi gran ejército, que se suponía de cincuenta hombres, avanzó para apoderarse de ellos y de la embarcación. Sólo yo permanecí alejado del lugar de los acontecimientos, por "razones de Estado"...

Cuando el capitán les habló, echándoles en cara su traición, todos parecían muy arrepentidos y volvieron a pedir clemencia por sus culpas. Entonces les dijo que no eran prisioneros suyos, sino del gobernador de la isla.

—Pensabais —continuó diciendo— relegarme a un desierto; pero Dios ha querido que este lugar se halle gobernado por un inglés. Aunque el gobernador es dueño de mandaros ahorcar a todos, en vista de que habéis depuesto las armas podrá conformarse con enviaros a Inglaterra, donde seréis juzgados, excepto Atkins, a quien tengo encargo de decir de su parte que se prepare a morir, pues ha de ser colgado al amanecer.

El efecto que produjeron dichas palabras entre los amotinados fue instantáneo. Atkins se postró de rodillas para implorarle al capitán que intercediera por él ante el gobernador, mientras los demás le suplicaban que evitara de todos modos su envío a Inglaterra, sabedores de la suerte que allá les esperaba.

Entonces, como había pensado que se aproximaba el día de mi liberación, imaginé que sería fácil convencer a aquellos hombres para que dedicaran todos sus esfuerzos a recuperar el buque. A tal fin me alejé aun más de ellos, con el objetivo de que no viesen al personaje que tenían por gobernador, ordenando luego que viniera el capitán. Uno de mis soldados, que se encontraba cerca, gritó:

—Capitán, el gobernador os necesita.

—Decid a Su Excelencia que voy al instante —respondió el capitán.

Cayeron en el engaño más completo, no dudando ni por un momento de que el gobernador se encontraba apostado en las inmediaciones con su ejército de cincuenta hombres.

Cuando llegó el capitán, le comuniqué mis planes para apoderarnos del buque, el que los aprobó y resolvió ejecutar al día siguiente. A fin de asegurar su realización, le ordené que con sus dos compañeros condujeran a Atkins y a otros dos de los más peligrosos de la banda hasta la gruta que nos estaba sirviendo de cárcel. Igualmente, envié al resto a la casa de campo, que se encontraba rodeada de una fuerte empalizada, y como iban amarrados y su suerte dependía de su comportamiento, estaba yo seguro de que no tratarían de escapar.

Al día siguiente les mandé al capitán para que tratara de penetrar en sus sentimientos y ver si era prudente emplearlos en la realización del proyecto. No sólo les habló de sus malos actos, sino también de la triste suerte a que éstos los habían llevado, repitiéndoles que aunque el gobernador los había perdonado, no escaparían de la horca si los hacía conducir a Inglaterra.

—Pese a ello —añadió—, si prometéis fielmente ayudarme en una empresa tan justa como la de recuperar mi buque, el gobernador se comprometerá a obtener vuestro perdón.

El efecto que produjeron tales palabras entre los culpables no pudo ser más favorable. Inmediatamente cayeron de rodillas ante el capitán, jurándole que se comprometían a ser fieles con él y que estaban dispuestos a derramar hasta la última gota de su sangre.

—Entonces, comunicaré vuestras promesas al gobernador y procuraré que les sea favorable —dijo el capitán.

Cuando me trajo la respuesta de los tripulantes, añadió que no le cabía la menor duda de su sinceridad. No obstante, y a fin de estar todo lo seguro posible, le indiqué que volviera nuevamente para decirles que aceptaba en elegir a cinco de ellos para emplearlos en su empresa, pero que el gobernador retendría como rehenes a los otros dos, junto con los demás prisioneros que tenía en su fortaleza, los que serían ahorcados a la orilla del mar si sus compañeros faltaban a su juramento.

En todo esto había un aire de severidad que demostraba que el gobernador era hombre de recio temple. Los cinco elegidos aceptaron entusiasmados la proposición, mientras que los rehenes y el capitán los exhortaban a cumplir con su obligación.

El total de las fuerzas con que a la sazón contábamos eran doce hombres, ya que Viernes y yo no podíamos abandonar la isla, en la que quedaban siete prisioneros, a los que deberíamos controlar y proveer de alimentos.

Con respecto a los cinco rehenes que estaban encerrados en la gruta, estimé prudente mantenerlos separados, pero Viernes tenía instrucciones de llevarles de comer dos veces al día. A los otros dos los destiné a llevar provisiones a un determinado lugar y donde Viernes había de recogerlas.

La primera vez que me vieron estos últimos iba acompañado por el capitán, quien les dijo que yo era el vigilante que había designado el gobernador. En esta forma pude representar ante ellos otro personaje, y siempre les hablaba del castillo, del gobernador y de la guardia con gran ostentación.

Sólo faltaba al capitán, para ponerse en marcha, equipar las dos chalupas. Instaló en una de ellas a su pasajero como capitán, con cuatro hombres más; embarcando él en la segunda con el contramaestre y otros cinco tripulantes, todos bien armados.

Era ya la medianoche cuando descubrió el barco, y en cuanto lo vio al alcance de la voz, ordenó a Johnson que gritara, indicando a la tripulación que allí llevaba la primera chalupa con los marineros a quienes había sido muy difícil encontrar en la isla.

Johnson desempeñó muy bien su papel, pues entretuvo a los amotinados con sus discursos hasta que llegó la chalupa al barco. Entonces, el capitán y el contramaestre, que fueron los primeros en subir a cubierta, empezaron a derribar a culatazos al segundo oficial y al carpintero, y, decididamente apoyados por los demás, se apropiaron de todo cuanto encontraron sobre cubierta.

Ya estaban cerrando las escotillas, para evitar que los de abajo fueran auxiliados por sus compañeros, cuando los hombres de la otra chalupa subieron por la parte de proa, limpiando todo el castillo de la misma y apoderándose de la escotilla que daba al camarote del cocinero, en donde tomaron prisioneros a tres de los amotinados.

Una vez que el capitán se vio dueño de toda la cubierta, ordenó al contramaestre que con tres hombres forzara la cámara en que se hallaba encerrado el nuevo comandante. Éste, a la voz de alarma, se había levantado, y ayudado por algunos marineros y un grumete, había tomado armas de fuego. Cuando el contramaestre logró abrir la puerta, valiéndose de una palanca, hicieron fuego contra él y sus hombres, hiriendo levemente a dos y rompiéndole el brazo, pese a lo cual le disparó con su pistola al nuevo comandante, entrándole la bala por la boca y saliendo por detrás de la oreja. Sus compañeros, viéndole muerto, se rindieron en el acto, con lo cual el capitán recuperó su buque sin verse obligado a derramar más sangre.

Capítulo XV
El regreso a casa, y con fortuna

En cuanto la empresa llegó a su afortunado término, y, tal como habíamos acordado, el capitán me hizo saber el éxito disparando siete cañonazos. Fácilmente se imaginará la alegría con que los oí, y la emoción con que los fui contando desde la playa.

Tan pronto como estuve seguro de la feliz noticia, me acosté, pues la víspera me había rendido mucho y necesitaba descanso. Me dormí profundamente en el acto, despertándome al poco rato otro cañonazo disparado desde el barco. Apenas me hube incorporado, oí que me llamaban por mi título de "gobernador", reconociendo la voz del capitán que me hablaba desde lo alto de la roca. Subí a ella y me recibió con un abrazo muy afectuoso, para luego, tendiendo la mano hacia el barco, decirme:

—Querido amigo y libertador: ahí tenéis vuestro buque; os pertenece, como también os pertenecemos nosotros y todo cuanto poseemos.

Dirigiendo la vista al mar, vi que había fondeado a un cuarto de milla de la costa, pues en cuanto hubo realizado su empresa, el capitán había izado velas, aprovechando el tiempo favorable, y conducido el barco hasta la embocadura de la pequeña bahía.

Entonces ya consideré segura mi liberación, puesto que disponía de los medios para conseguirla. Un buen buque aguardaba mi llegada para conducirme a donde se me antojara. Tal fue la alegría que esto me ocasionó, que permanecí largo rato sin poder pronunciar palabra, y hasta me habría desmayado si el capitán no me hubiera sostenido en sus brazos.

Viéndome flaquear, me hizo beber un vaso de un licor cordial que había traído para mí, después de lo cual me senté en la tierra y me recobré poco a poco.

El capitán no estaba menos feliz que yo, aunque no creo que tan impresionado. A fin de tranquilizarme completamente, me habló de cosas gratas, como la protección divina y la patria que nos esperaba. Todo terminó en un mar de lágrimas que derramé de puro sentimiento.

A mi vez le abracé como a mi libertador, dándole infinitas gracias, pues él había sido el agente enviado por Dios para arrancarme de mi cautiverio.

Después de dichas manifestaciones de afecto recíproco, me dijo el capitán que había traído para mí algunos refrescos, de los que puede proveer un buque que acababa de ser arrasado por los amotinados. De inmediato llamó a los hombres de la chalupa para que trajesen los obsequios destinados al gobernador, y por cierto que se mostró espléndido, tanto conmigo como con mis "vasallos".

Entre los presentes había una licorera llena de botellas de aguas cordiales y media docena de botellas de vino de Madera, dos libras de buen tabaco, dos grandes trozos de carne de vaca y seis de cerdo, un saco de guisantes y alrededor de cien libras de galletas. Además, había añadido, dándome la mayor alegría, seis camisas nuevas y otras tantas corbatas, un par de zapatos y otro de medias, dos pares de guantes, un sombrero y un traje de su propio guardarropa, apenas usado.

En buenas cuentas, me obsequió todo lo necesario para vestirme de pies a cabeza, y podéis figuraros la incomodidad que me produjo la primera vez aquella ropa, después de haber estado desprovisto de ella durante tantos años.

Una vez que hice llevar todos aquellos regalos a mi morada, empecé a deliberar con el capitán acerca del destino que les daríamos a los prisioneros. El problema era serio, sobre todo en lo referente a los dos cabecillas del motín, cuya perversidad conocíamoós de sobra. El capitán estaba convencido de que no seríamos capaces de reducirlos, y sólo consentía hacerse cargo de ellos para llevarlos con grilletes en los pies a Inglaterra o a alguna colonia inglesa donde poder entregarlos a la justicia.

Como yo sabía que el capitán no tomaría esa resolución sino muy a su pesar, pues era un hombre demasiado humano, le manifesté que yo conocía un medio para inducir a los bribones a pedirle, como una gracia especial, autorización para permanecer en la isla, cosa a la que accedió con el mejor agrado.

Entonces envié a la gruta a Viernes con los dos rehenes, que había puesto ya en libertad por haber cumplido sus compañeros lo prometido, a fin de que trasladasen a los cinco marineros amarrados hasta la casa de campo, donde los cuidarían esperando mi llegada.

Poco después fui allí, vestido con mi nueva ropa y acompañado por el capitán, llamándome ya todos por el título de gobernador. Inmediatamente hice comparecer ante mi presencia a los prisioneros, diciéndoles que estaba enterado de sus fechorías y de la conspiración contra el capitán, así como de los actos de pillaje que en el barco habían realizado en común.

Igualmente les expresé que el buque acababa de ser rescatado bajo mi control y que poco después verían colgado del palo mayor a su cabecilla, en castigo por su traición. Luego les dije que deseaba conocer las razones poderosas que podrían alegar para no ser castigados como piratas cogidos in fraganti que eran.

A mis palabras respondió uno de los desventurados diciendo que nada tenía que alegar a su favor, excepto que el capitán, cuando los tomó prisioneros, les había prometido perdonarles la vida, y que pedían esa gracia.

Le repliqué que no sabía qué gracia podía concederles, puesto que iba a embarcarme para Inglaterra, abandonando la isla, y que el capitán, lo único que podía hacer era llevarles amarrados para entregarlos en manos de la justicia como a piratas y sediciosos, lo que los conduciría inevitablemente al cadalso.

La única solución que encontraba favorable para ellos era que permanecieran en la isla que yo iba a abandonar con toda mi gente, consiguiendo así el ser perdonados y contentándose con la suerte que pudieran allí correr.

Acogieron mi ofrecimiento con gratitud y me expresaron que preferían permanecer en la isla antes que ser llevados a Inglaterra como piratas; pero el capitán, simulando contrariedad, dijo que no estaba de acuerdo con ello. Me fingí enfadado y le manifesté que no eran prisioneros suyos sino míos; que si les había ofrecido perdón, no faltaría a mi palabra, y que si no estaba de acuerdo, yo los dejaría en libertad, como los había encontrado, para que él corriera tras ellos y los atrapara, siempre que pudiera.

Después de haber ordenado que les quitaran las ligaduras, les di todas las informaciones relativas al lugar, les indiqué la manera de hacer pan, de sembrar la tierra y de preparar las pasas. En fin, les enteré de todos los detalles indispensables para que vivieran cómodamente, anunciándoles también la llegada del padre de Viernes y de los dieciséis españoles para quienes dejé una carta, haciéndoles prometer que vivirían con ellos en buenas relaciones.

Al día siguiente, y de acuerdo con mis instrucciones, fue enviada a tierra la chalupa con provisiones que el capitán había ofrecido a los desterrados, nombre que les dimos, y a las cuales añadí mis armas y municiones.

Al abandonar la isla llevé conmigo, como recuerdo, un gorro de piel de cabra, el quitasol y el loro. También cargué todo el dinero que ya he mencionado y que se hallaba tan herrumbroso que era difícil reconocerlo.

En esa forma dejé mis dominios, acompañado por mi fiel Viernes, el dieciocho de diciembre de 1686, después de haber vivido en ellos veintiocho años, dos meses y diecinueve días, según mis cálculos. Es de hacer notar que el día en que abandoné aquella desgraciada vida se cumplía otro aniversario de aquél en que escapé del cautiverio de los moros en Salé.

El viaje de regreso fue feliz, llegando a Inglaterra el once de junio de 1687. Ello, después de haber permanecido treinta y cinco años ausente de mi país.

Al llegar a mi ciudad natal, me encontré tan extraño como si jamás hubiera estado allí. Aún vivía la buena señora a quien había entregado mi pequeño tesoro, pero había sufrido enormemente y enviudado por segunda vez. Le aseguré que no la molestaría en lo más mínimo, consolándola mucho respecto de la inquietud que tenía sobre lo que me adeudaba.

Luego viajé a la provincia de York, pero mis padres ya habían muerto, de suerte que sólo me quedaban dos hermanas y un hijo de uno de mis hermanos. Como hacía bastante tiempo que me consideraban muerto, me olvidaron en la repartición de la herencia, de modo que sólo me quedaba mi pequeño tesoro traído de la isla.

Pero recibí luego una inesperada recompensa: el capitán a quien había salvado con su barco, había dado a los empresarios un informe muy favorable sobre mi persona. Me hicieron llamar, honrándome con lisonjeros cumplidos y con un obsequio de doscientas libras esterlinas.

Posteriormente resolví ir a Lisboa para averiguar sobre mis plantaciones en el Brasil, las que habían prosperado en forma extraordinaria, gracias al cuidado puesto por mis antiguos socios. Las rentas de mis sembradíos habían sido depositadas en un banco, las que me fueron devueltas. Al mismo tiempo liquidé mis tierras en forma tan ventajosa, que hice una fortuna como no la había soñado nunca.